瑜伽這檔事

張以昕
Phoebe Chang
——著

推薦序

走出生命的幽谷

——作家、台北教育大學語文創作系教授

郝譽翔

在教書二十餘年的生涯中，我曾經遇見許多優秀的學生，有的才華洋溢，早成文壇備受矚目的名家，有的則耕耘學術頗深，已是國立大學的教授，不過在如此多的學生之中，以昕卻是最特別、也最讓我引以為傲的一位。

為什麼這樣說呢？看到以昕亮麗光采的模樣，大概很難相信也才不過十多年前，大學時代的她是如何的蒼白、陰鬱和消沉。那時的我剛到東華大學任教不久，以昕常在她室友的陪伴下，來我的研究室找我。她不消開口，只要一看到她消瘦的身形，茫然空洞的眼神，以及一雙青黑凹陷的眼圈，我就知道她深深為憂鬱症所苦。

我起初是婉言相勸，卻似乎一點用處也沒有，醫藥治療，亦不見起色。我能夠體會以昕正陷落在一個無光的深淵之中，而那情緒風暴是如此的強大，彷彿任憑誰也無法將她救出。但身為老師的我又能如何呢？我才剛過而立之年，就連自己的情緒都不太穩定了，更遑論去幫助別人？最後，我也只能束手無策退到一旁，甚至選擇逃走。

想來十分慚愧，我是一個不稱職的老師，然而我知道在以昕低潮的時刻，她的母親和室友始終堅定地陪在一旁。於是幾年後，我接到以昕的來信，說她的情況已逐漸好轉，開始試著寫作，我很為她感到高興，就這樣斷斷續續聯繫著，轉眼就是匆匆數年，有一回在台北的捷運車廂中巧遇，我睜大了眼睛，簡直不敢相信眼前這個活潑又美麗的女子，居然就是以昕？才不過幾年不見，她竟有一百八十度的巨大蛻變，我追問原因，以昕笑著回答，都是瑜伽的功效，就連困擾多年的失眠，也都一併痊癒了。

我當時也正為失眠所苦，還考慮是否服藥？以昕卻正色叮嚀我，千萬不要依賴藥物。「千萬不要依賴藥物。」這句話不就是當年以昕患憂鬱症時，我一再告誡她的嗎？如今她反餽給我，而我看著她發光發亮的臉龐，過往的陰霾早就一掃而光了，我於是知道在生命的這條道路上，以昕已經做足了功課，甚至超前而可以當我的嚮導。

後來，我果然拜以昕為師，開始跟她學習瑜伽，遺憾的是我平日因為教書、寫作、家庭三頭燒，常有事而無法規律練習，反倒是每年我帶小孩去美國過暑假時，才真正有餘裕每日上瑜伽。持平而論，不論是在美國或台灣，我這輩子上過的瑜伽課中，以昕實在是教得最好，不論是她的聲調或動作，皆有一種舒緩而穩定的規律，讓人在不知不覺中就放鬆下來，而把身心全副依托。所以每次上完以昕的課，動作雖不激烈，卻總讓我出了滿身的大汗，尤其是最後的大休息，平常不易入睡有些神經質的我，竟也在短短的幾分鐘之內，就進入甜美的沉睡之中。

如今拿到以昕的《瑜伽這檔事》，我不但一口氣讀完，更心悅誠服相信在人生的修行之路，以昕早已是走在我前方的老師。以昕不僅在談瑜伽養生，更在談如何安定一顆浮動的心，或者應該說，瑜伽乃是身、心、靈三者合而為一，而我們透過身體的實踐，其實是在貼近自己，認識自己，從而敞開心靈，毫無疑問地去接受自己。

我從前練習瑜伽，總會懊惱自己的筋骨不夠柔軟，無法做出某些姿勢，尤其面對鏡子和別人的肢體相比較，更顯得自己一無是處。然而如今讀了以昕的書，我才恍然大悟這種「自我否定」的心態，才是練瑜伽時最大的障礙，因為「如此充滿恐懼的心理和自我設限，招致了許多障礙和危險，讓道路荊棘滿布，崎嶇難行」。故以昕再三提醒我們，最重要的是放下「念著」，不但要放下「對著悲傷與喜悅的感覺念著」，也要放下「對著呼吸和身體念著」，乃至「對著紛雜的想法及思緒念著」，所以「瑜伽是減法的練習」，是「要將好的、壞的都放下」。

好一句「減法的練習」！以昕不只是在談如何驅動肢體了，更在談如何運用心靈，而這一切「毋須使力」，而是聆聽自己內在的聲音，讓「生命自能體現圓滿」。

更讓我感動的是，《瑜伽這檔事》中以昕花了許多篇幅談親子和兒童瑜伽。孩子天性躁動，本是瑜伽教學中最吃力不討好的一塊，然而以昕卻以過來人的經驗，深能體會一個孩子邁向成長之路必經的艱辛，所以她願意以此為職志，不但是在教導孩子，也教導大人如何釋放自己內心各種負面的情緒，然後放下對自我的批判，如此才能用更柔軟、寬容的方式和孩子共處。

坊間有許多心靈雞湯或親子教養的書籍，但在我看來，大多流於瑣碎的教條或技術，治標不治本。但以昕卻大不然，她的親子教養和人生觀，可以說是直指本心，由內而外，讓身體的實踐和意念的流動合而為一。誠如她書中所說，只要一張小小的瑜伽墊，就可以在嘈雜的水泥叢林之中，讓我們重新找回自己，開出一方安身立命的所在。

所以想來人生的緣分也實在奇妙，我和以昕本來是師生關係，但這十多年來，關於生命的這項功課，以昕卻做得比我多得多，也深刻得多，如今我非常驕傲能夠以她為師，向她學習瑜伽，也學習如何放鬆自我，潛入心靈最靜謐也最愉悅的深處，重新尋回自己的居所。以昕也用她自身的經驗教導了我，讓我徹底相信每一個生命都不應該被否定，更不應該被放棄，即使墜落在最幽深的闇谷，都終有撥雲見日的可能。

推薦序

重拾愛自己的勇氣

——台灣喜馬拉雅瑜珈靜心協會理事長、公視獨立特派員製作人
陳廷宇

有鹿文化主編彥如寫信邀稿，E-mail中提及：「這陣子為了新書和以昕密集聯繫，她真的是好溫暖的人。」看到這兒，不禁想到，如果喜馬拉雅瑜伽傳承的上師和老師們知道，肯定相當欣慰。常跟大家分享，傳承其實就是一種「連結」及「存在」，你和宇宙及自己的「連結」，還有你成為一個什麼樣的「存在」。以昕現在成為一個溫暖的存在，就是她在瑜伽旅程中，不斷勇敢面對自己，重拾愛自己勇氣的成果，她的存在成為喜馬拉雅瑜珈傳承最好的體現，也是最美的祝福。

瑜伽是一場認識自己的旅程。初見以昕，彷彿是森林中的小鹿，天真無邪的眼中有著些許疑懼，對生命既期待又怕受傷害。心思細膩讓她能暢筆書寫，卻也需承受許多百轉千折的情緒波動。生命的課題從來都不容易，無論是求學時期的憂鬱症，抑或選擇成為一個專職的瑜伽老師，以昕面對一次又一次的挑戰，卻每每能從傷痛中鼓起勇氣，從淚眼婆娑中重拾對生命的愛與信任，回到自己的中心點，回到那份靜定與靜默中，蛻變成今日課堂上大人小孩都喜歡的猴子老師。她踏上的瑜伽旅程透過真心分享化為文字，成為一場心靈饗宴的美麗邀請。

新書裡，以昕記錄了她踏上瑜伽旅程，成為瑜伽老師的心路歷程與學習感悟，一個一個的小故事中喜怒哀樂交錯，卻是真真實實的人生。她如何面對自己的恐懼，如何誠實覺知自己的情緒，如何從對自己及他人諸多的期待綑綁中慢慢學著放鬆、放下，從一個完美小姐慢慢全然接納自己及生命中的黑與白，對與錯，對許多同樣走在心靈瑜伽路上的朋友來說，這些分享不僅可以照見自己，也可以成為很好的提醒及地圖。一直很佩服以昕多年來堅持分享著親子瑜伽的課程，和孩子分享瑜伽，是奇妙無比的經驗。照顧過孩子的人們都知道，孩子的好奇天真與精力旺盛，常令人在天堂與地獄中來回，在天使與魔鬼的面容中困惑，但多年來她樂此不疲，和孩子們一起哭一起笑，和孩子們一起後彎一起倒立，這份純粹親密的互動，相信也是滋養她生命溫度的重要養分。

她也分享了許多來自喜馬拉雅瑜伽傳承老師們的智慧與教導，將一個一個來自心靈的召喚傳遞出去。每個人都有自己獨特的生命劇本，然而故事的本質與核心價值都相同，如何了解自己，窺見生命的意義？如何快樂的生活，同時自在地離去？亙古以來人們不變的追尋，來自喜馬拉雅山的大師們透過許多不同的練習，不同的教導，不同的分享者，提供方法，指出路徑，祈求你的問題得不到解答，而是能夠獲得解決及消融。

初見以昕，猶記得跟她分享，摯愛的老師斯瓦米．韋達（Swami Veda）在面對自己或回答學生們生命挑戰的難題時，總是笑笑地說：「Relax，放鬆……。」放鬆，是最難的練習；放鬆，不只是身體或呼吸的放鬆，而是一個重拾愛自己的勇氣，全然接納自己與他人的悠遊與寬容，也是終於全然信任，臣服，放下，回到宇宙母親懷裡的自在與從容。

推薦語

小熊老師（本名林德俊，熊與貓書房主人，文化社造工作者）——

一個柔弱的文學才女，因為愛上瑜伽而尋回自己強大的內心，孜孜鍛鍊，成為一方導師。張以昕把瑜伽視為心靈的修行，活出了韌性，在教學日常裡觀看萬花筒般的世間風景。感謝她拾起好筆把故事寫下，帶我們進入一個立體的瑜伽世界，當中除了妙趣奇觀，更有最真誠的感悟，讓人讀得笑中帶淚，回味不止。

羊憶玫（《中華日報》副刊主編）——

張以昕《瑜伽這檔事》帶領我們進入生動的「四度」空間：從外在的體位法到心靈探索，從個人印度之旅到授課實例分享，展現深刻又扎實的深度與廣度；字句間串起的愛是最暖心的溫度；篇章中予人的啟發與覺知，則是照見的亮度。《瑜伽這檔事》讓人所獲豐盈。

吳鈞堯（作家）——

認識以昕好多年，不知道她走過憂鬱，以為生就明亮，內外在都是。瑜伽是以昕的鍛鍊，讓她與許多碎我黏合，瑜伽不只是體術，而是觀看的心法。本書傳述心法述，關於她與他人，在無限大的瑜伽墊上，最初都是與自己的情話。

林韋君（知名演員、瑜伽老師）——

閱讀《瑜伽這檔事》感覺就像和一位好友靜靜喝杯熱茶分享彼此的故事。即使和Phoebe素未謀面，然而透過她的文字卻有種心已牽在一起的熟悉感。每個人在生命中總有自己要面對的難關和掙扎，生活中總有讓人喘不過氣的壓力和恐懼，但從Phoebe的故事裡相信你一定能找到和自己相同的頻率知道原來自己並不孤單，進而感到療癒並且讓原本躁動、徬徨的心找到安放的角落。當你擁有良好的心態才能遇見最真的自己。

如果你是瑜伽練習者甚至已經是老師，在閱讀過程中也許會和我一樣重溫對瑜伽的初心和剛開始教學時種種值得你會心一笑或不自覺點頭認同的類似經歷。

如果你還不懂瑜伽或是不確定自己適不適合、該不該開始接觸，也許你也能從這本書中找到答案。

我和Phoebe都想透過《瑜伽這檔事》告訴你：瑜伽練的是心，一顆隨遇而安的心。

栗光（《聯合報》繽紛版主編）——

摸索書寫的路上，我曾玩笑對以昕說要開一間「谷底坐一坐」酒吧，好能彼此安慰；如今酒吧還沒開，她就要出書了。也許，這間酒吧不是沒開，是幻化成一本書，「酒保」以昕會在你翻開書的瞬間現身，傾聽你提醒你安慰你，然後一起從谷底往上走去。

陳惠齡（清華大學台灣文學研究所教授）——

美的觀念與形象，千彙萬狀。《瑜伽這檔事》，不僅照見了人體理想化的動作之美，也導引出從身心靈各種感覺層面，去體悟他人與自我、運動與冥想、修煉與藝術、身體與靈魂交匯的和諧美。美善的事物，永遠可親可愛，並值得推薦——張以昕和她的瑜伽書！

張倩華（錢錢，插畫家）——

以昕透過平實誠懇的文字，講述瑜伽練習與教學過程中獲得的哲學與生活體悟；每次以圖像詮釋她的專欄文章，總能巧合地與自己的生活與瑜伽練習產生連結。以昕的文字，像一道光；願大家都能與我一樣，在這道溫暖的光中，被溫柔提醒與療癒。

自序

瑜伽——我的重生之路

打從兒時開始，我便是一個喜歡探討哲學問題的小孩：「人為什麼要活著？」「存在是為了什麼？」「我為何出生，為何在這裡？」腦中不時盤桓這些解不開的謎團，而生活的種種不如意更加深了我的疑惑，於是拚命閱讀，希望能透過書本了解生命及這個世界。然而書中的詮釋很難滿足我，因此也開始書寫，將壓抑在內心深處的情感及困境表達出來。在文字中窺探內在世界，落筆的當下，彷彿跟外界重新取得連結，無法言說的思緒愈磨愈清晰，不管有沒有人讀到，都能讓潛匿多時的陰暗死角照見陽光，得以喘息。

這便是我寫作的起點。大概十歲時，就知道長大後，我會成為一位作家。

寫作是生命中最要緊的事，就跟呼吸一樣重要。

年紀稍長，內在衝突的漩渦逐漸擴大，成長的傷痕讓我不斷質疑生命的意義，而後陷入深沉的抑鬱。負笈花蓮求學期間，除了上課之外，足不出戶，不跟任何人打交道，把自己關在宿舍裡不斷寫作，寫累了就讀書，讀累了就睡，沉浸在自己建構的幽閉小世界。每週規律地去醫院及諮商中心，身心症狀卻仍起起伏伏。我依然探索著兒時心中徘徊不去的問題，連結著各式各樣令人困惑的人事物，記憶滿是掃不完的痛苦碎片，在書寫與恍惚時持續自問，卻依舊答不出來。無助、絕望是生活的主調，愈想愈憂傷，不知該如何排遣。

那樣的日子長達七年，也是我生命中最黯淡的時歲，每天都徘徊在黑洞邊緣，感到快要活不下去。某次我又陷入情緒風暴當中，當時很照顧我的一位老師，在華湖畔抱著哭成淚人兒的我，很溫柔地說：「這個世界沒有妳想得這麼糟。」

那時總感覺病著的自己沒有未來，人生一片黯淡，揮之不去的寂寞與孤獨如幽靈般緊隨身畔，糾結的情緒如厚繭般將我團團縛住，無法掙脫，更不知何去何從。

當年某位朋友問我可曾想過，十年後會成為什麼樣的人？

「大概會是一位多病、蒼白的憂鬱女作家吧！」我苦笑回答。

但結果，我猜錯了，十年後的我搖身一變，成為一位瑜伽老師，每天都跟學生分享如何釋放壓力、緊繃，回歸身心靈的平衡與放鬆。

不但教，自己也持續不斷地練習。

這不是二十歲的我最渴望的救星嗎？驀然回首，真覺得不可思議，就像是死過一次又再重生。憶起年少的歲月，實在恍若隔世，但所經歷過的苦也沒有白受，我的新生來自於從一片荒漠中長出來的力量，以及修復、療癒自己的過程，全都成為今日教學、練習最好的養分，支持我完成重要的使命。將昔時今日走過的軌跡爬梳一番，深嘆老天爺的生命劇本寫得真好。

我在大學便接觸過瑜伽，但沒那麼喜歡，再見傾心卻是要等到在新竹念研究所時，憂鬱狀況好轉，已毋須就醫，但卻仍飽受失眠之苦，長時間的寫作也讓身體僵硬不已。於是我開始練瑜伽，一練就再也停不了。瑜伽不但解除我的睡眠問題，也讓疼痛不藥而癒，同時也使容易混亂的情緒得以平靜，讓我的生命就此穩定了下來。

因為瑜伽對我的幫助實在太大了，讓我想藉由教學將瑜伽的好分享給更多的人，於是決定不再繼續念博士班，毅然離開舒適圈。二〇一二年獨自來到台北接受師資訓練，在異鄉及陌生的領域闖蕩，又經歷了一段艱難歲月，同時慢慢累積教學經驗，也獲得諸多貴人扶助，幾年之後，教學工作才逐漸步上軌道。

剛開始的授課機會很少，北漂生活卻如此昂貴，經濟拮据。雖然對瑜伽老師的夢幻想像已然破滅，我仍堅信走在天命之路而不願放棄，決心放手一搏，在那縱身一躍而下的時刻，方才真正進入世界。因為沒有退路，迫使我快速成長茁壯，在開疆拓土的過程中，不再受限於昔日狹隘的思考迴圈，開始活出自己想要的樣子。而在練習瑜伽的過程中，體會到痛苦、哀傷確實是存在的，但我花費太多時間、氣力沉浸其中，遺忘光明與喜悅的面向也一直都是並存的。練習不斷引領我找回這份覺知，讓我不再總是受苦，或者一遇到難關就被打趴在地，而能從生命的每個事件中汲取養分與動能，妥善安頓自己的心，這就是瑜伽帶給我力量的泉源。

一般瑜伽課堂受限於時間，一個小時所能教導的很有限，大多集中於身體鍛鍊，讓人誤以為瑜伽只是一種運動。但從古至今，瑜伽卻一直都是心靈修行。體位法（Asana）只是瑜伽的一小部分，如若只把瑜伽當成運動或體操，雖然也能獲得身體健康的好處，但無從窺知全貌，實在可惜。

通過美國瑜伽聯盟（Yoga Alliance）兩百小時師資訓練後，我更加渴望全面而整體的學習。有幸在二〇一四年遇見「喜馬拉雅瑜伽傳承」，近年來在台灣及印度跟隨老師們研習瑜伽哲學、調息法（Pranayama）、體位法及靜坐，以及在實地閉關靜默的過程中，讓我能更深入瑜伽的精髓，在各方面獲得莫大滋養。

喜馬拉雅瑜伽的師承可以上溯到幾千年前，過去只是住在喜馬拉雅山岩洞中修行的聖哲在師徒之間相傳，到了二十世紀中葉，近代的傳人斯瓦米．拉瑪（Swami Rama），以現代的教學手法宣揚喜馬拉雅瑜伽的哲理和修行方式，並創立國際喜馬拉雅瑜伽禪修總會（AHYMSIN），讓這個傳承廣為人知。拉瑪大師在一九九六年離世後，瑞詩凱詩（Rishikesh）的斯瓦米．拉瑪修行者聚落道院（Swami Rama Sadhaka Grama），由斯瓦米．韋達為靈性導師。韋達大師三歲即能為人講解《瑜伽經》（*Yoga Sutra*），通曉所有宗教的經典，還熟悉十七種語言，在世界各地講學長達七十年，是一位寓靈性及靜默於日常生活的瑜伽大師。當他於二〇一五年安詳離世後，目前修道院由斯瓦米．瑞塔凡（Swami Ritavan Bharati）擔任靈性導師，繼續維繫傳承的法脈。

根據大師們的教導，瑜伽最好的地方就是能實際運用在生活當中，不光是在瑜伽墊上才能靜心，在日常的每一刻都要平和自在。離開墊子之後，真正的練習才正要開始，不一定要隱居在喜馬拉雅山的洞穴中禪修，身處五光十色的凡塵俗世，隨時潛入心的洞穴裡，保持靜默的意念，對自己的言行、念頭保持覺知，將瑜伽練習延續至一天當中的每時每刻。

本書集結了二〇一七、二〇一八年《聯合報》繽紛版「瑜伽這檔事」發表的專欄作品，非常感謝編輯譚立安的支持，讓我在撰寫期間能盡情呈現瑜伽的各個面向，以及修行在生活上的實踐，希望能讓大眾理解瑜伽在運動之外的心靈內涵，同時也感恩在出版過程中，有鹿文化編輯團隊的悉心協助，合力催生了這本書。

撰稿期間，感謝喜馬拉雅瑜伽傳承的老師們，包括我所深愛的靈性父親斯瓦米．瑞塔凡，他不但陪伴我成長，還賜予梵文名字Bala，期許我能如孩童一般純淨自在。還有把我當女兒一樣疼愛的廷宇、博學多聞的石宏大哥，總是不厭其煩地回答我的提問。當然還有曾經相遇的每一位師友，無論是在文學或瑜伽的領域，以及曾引導過我的每一位老師，您們所帶來珍貴的心靈之禮，我都盡力呈現在行文之間。

感恩我的父母，無論我選擇哪一條路，都予以無條件的支持與包容，是我最大的助力，也總是我最好的讀者。此外，在報上刊載的兩年期間，感謝讀者給予的回饋，有時還會接到陌生訊息傾訴讀後感想，慷慨向我分享獨一無二的生命經驗，都讓我深受感動，為此心甘情願地繼續寫下去。

感謝我的上師斯瓦米・拉瑪，雖然此生未曾見過祂，祂卻慈愛地引導我了悟生命的意義。在很多徬徨無依的時刻，都有祂的保護與教導，一次又一次地讓我明瞭上師的「在」從不侷限於肉身，而是超越時空囿限，甚至在我還未意識到祂的存在時，上師便已在身邊時刻護佑，讓我學會珍視降臨在生命中的每一份禮物，並在練習中一步一腳印，從黑暗行至無盡的光明。

Om, shanti, shanti, shanti.

目次

輯二

完美小姐的瑜伽旅程

輯一

瑜伽老師跑跳碰

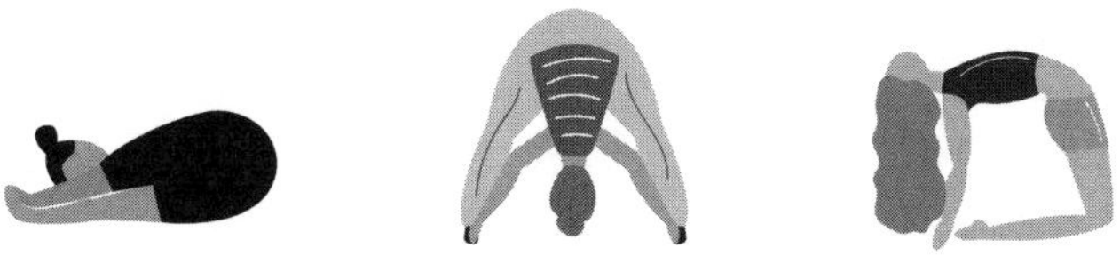

瑜伽老師的跑課人生

穿梭在不同的空間，
用心陪伴不同年紀與身分的人們，
走一段通往平靜的道路……

許多人對瑜伽老師的生活感到好奇，覺得我們把興趣當成職業，不但擁有無拘無束的生活，還能夠一邊教課、一邊「運動」，很讓外行人羨慕。

不過事實並不盡然，在課堂上老師必須不斷觀察學員、示範、給予指令與手部調整，適時回應各種問題，還不忘調整燈光和冷氣溫度，實在難以在課堂時間內一起「運動」，必須自行找其他時間練習。而在台灣只有少數的瑜伽老師是自行經營教室，或者與大型瑜伽會館簽全職約，享有穩定的排課與各種福利，其餘仍屬鐘點教師，每天穿梭在不同的教室服務學員。不僅要忍受日曬雨淋、奔波勞苦，若是從早到晚都有課，還要前往相距甚遠的數個地點教學，舟車勞頓不說，更得面對體力的極端消耗，一整天下來，常常累得動彈不得。

雖然沒有特定的合約保障，但身為自己的老闆，對於工作規畫擁有全然的自主權，可以選擇喜愛的地方及時段來教學。且因課程分散在諸多教室，想要暫時放掉某堂課時，對於生計也不至於造成太大影響，較能按照自由意志做生涯安排，在流動中保持穩定的狀態。此外，還能全心投入教學與練習，不用兼顧其他業務。有時想要進修或旅行，找到代課老師後也可放心請假，忠於自己的步調來生活。

多年前獨自一人來到台北，「跑課」即是我認識這座陌生城市的方式。剛開始還沒有太多屬於自己的課程，多是透過臉書的代課社團幫一些不認識的老師代課，增進自己的膽識及磨練教學技能。

當年初出茅廬的菜鳥老師搭上捷運或公車，表面是前往陌生的地方教課，實是展開一場城市探險。我提早出發，下車後一邊找路，一邊悠哉走晃。常被一些小店吸引而興起逛街的欲望，或是途經某個靜謐美麗的社區，驚嘆之餘，循著孩子們的笑聲，意外繞進林蔭茂盛的公園，坐下來，滿足地啃咬適才在街角買的紅豆餅。有時則是拐個彎，進入人潮洶湧的菜市場，買一袋香噴噴的栗子，外加幾根香甜的玉米，再順手帶了一只平價而精緻的瓷盤，悉數塞進背包內，這才心滿意足地踏進不遠處的教室教課。

後來，接了一些離家甚遠的課程，路途勞頓卻遲遲捨不得放手，除了念及與學生之間的好情誼，也是因為教室旁邊的餐廳太好吃，或是太愛在附近遊逛，讓人不忍就此無緣再去。

翻開這幾年的行事曆，記載每週到台北各個不同地方「玩耍」的行跡，許多距離市區很遠且交通不便的地方，若非為了教課，根本不會特別前往。藉由搭乘各線公車觀賞街景，並在步行中深入探索城市的每一處細節，就像一場又一場獨一無二的小旅行。

而今所接的課程愈來愈多，一堂接著一堂，再也沒時間逍遙晃蕩，也常因急迫趕路而勞累不已。然而，我還是喜歡在前往賣場樓上的健身房教課後，順道進商場小逛一番，或者利用等待下一堂課的時間，在會館旁的書店吸吮片刻的書香，有時也會躲進深巷中隱蔽的飯館用餐小憩，充分享用城市中的各式「休息站」，補充身心能量後，精神抖擻地重新出發。

不只教室外的街景變化多端，教課空間也常有奇妙的風景。除了正規的教室之外，還包括私人宅邸、商家、辦公室、飯店、醫院、學校等場域，幾乎只要能鋪上幾張墊子的地方，都可以上瑜伽課。

我曾經去一間工廠教授瑜伽，由於公司內無寬敞的場地，只能在廠房機台旁鋪上幾張瑜伽墊，利用狹長的走道上課。經過一日的工作，疲累的員工踏上墊子，勤奮地伸展肢體。有時隔壁廠房的機器仍在運作，不斷發出刺耳的聲響，還飄散著化學顏料的氣味，卻無法澆熄他們練習的興致，下課前的大休息總讓他們沉沉入睡。而每當我拎著墊子離開工廠，駐足在夜裡寂靜的工業區等車時，總是凝望著澄淨的月光，思忖著某種我無從想像的生活。

瑜伽老師在不同的空間及人群間頻繁穿梭，能夠認識各行各業的人們，以及聆聽許多生命故事。有段時間，我擔任某癌症基金會的志工老師，學員皆是正在接受化療或已經康復的病友，常會戴著假髮、帽子或口罩來上課。慢慢熟識之後，大家齊聚閒聊，分享罹癌的心路歷程：「剛診斷出惡性腫瘤時，腦袋幾乎一片空白，持續三個多月都無法思考。」「想到孩子還小，我卻要永遠離開他們，那種恐懼和悲傷真的完全將我擊垮。」

感受到氣氛的低迷，八十幾歲的阿嬤開口了：「我二十年前乳癌開刀，現在還是很健康，妳也會平安無事的。」幾位痊癒的朋友紛紛出聲附和，為正在治療的病友們加油打氣。

望著眼前的「癌友姊妹會」，欣喜著瑜伽課將她們以愛連結在一起。除了藉由伸展放鬆身心，還能相互傾訴、交換醫療資訊，相伴共度生命的寒冬。

告別癌症病友後，下一站是某健身中心。在燈光絢爛的豪華大教室練習後，汗水淋漓的他們會問的是：「老師，小腹要怎樣才能瘦？」「夏天到了，要做什麼動作手臂才能變細？」面對這群青春正盛的男女學員，驀然想起適才的癌症朋友，頓時語塞片刻，思索著人生每個階段會遇到的難題真是截然不同，但確實都一樣惱人啊！過了數秒後，我才回過神，認真解答他們的問題。

完成健身房的課程，接著要去的地方是某幼兒園。當我面對三歲小孩在課堂上的大吵大鬧，得要使盡渾身解數，利用教具、繪本及各種遊戲激發他們練習瑜伽的興致，頓時將適才的癌症阿姨及健身房猛男拋諸腦後。孩子們有時像得到傳染病般不斷相互告狀，為了各種小事輪流啼哭，讓人頭疼；有時卻也像天使般展現可愛乖巧的一面，深深療癒老師疲憊的心。

每當我坐在返家的公車上時，會默默回顧一日的生活。因為瑜伽，才能將原本相距甚遠的人事物毫不突兀地連結在一起，而我透過瑜伽教學，穿梭在不同的空間，用心陪伴不同年紀與身分的人們，走一段通往平靜的道路，真是件無比幸福的事。

尖叫的孩子

孩子們常在課程中成為老師，
秉持著真摯又自在的天性，
教導大人放下執著。

我是一個很喜歡小孩的瑜伽老師，也很幸運擁有一群熱愛瑜伽的小小粉絲。孩子們是天使也是惡魔，身為帶領他們的「猴子老師」，時常跌宕在天堂與地獄之間，卻仍樂此不疲。

然而，「老師」這個角色不單只落在我身上，孩子們也常在課程中成為老師，秉持著真摯又自在的天性，教導大人放下執著。

有位已從親子瑜伽班「畢業」的男孩阿丹，就是影響我很深的一位「老師」。

阿丹有雙晶亮透澈的眼睛、纖長的睫毛，長相十分可愛。不過首次上課，他便為我進行了一場「震撼教育」。

一進教室，極度不安的阿丹完全無法靜下來，整堂課都在奔跑，且不停朝我吐口水，同時夾雜瘋狂的尖叫，破壞正在進行的課程。

我一邊帶著其他孩子練習，一邊觀察阿丹，同時也有覺知地看顧自己的心。我知道，如果我跟隨他的外在行為，完全被情緒帶走了，那就失去幫助他的機會了。「那是什麼？我要看個清楚。」我如此告訴自己。

過了不久，我慢慢在孩子的嘶吼聲中，窺見那些憤怒與焦慮的舉止下，包覆著對於新環境的深深恐懼，沒有自信去面對陌生的人事物，因此想要逃走而拚命掙扎的心。

大休息熄燈時，怕黑的阿丹揮舞著四肢，再度厲聲叫喊起來。望著他崩潰的面容，我牽起他的手，將他帶到身邊。待他冷靜下來，抱住他，在耳邊輕聲問道：

「阿丹第一次來到這裡，所以很害怕，對不對？」他眨著眼，點點頭。

「猴子老師知道你很害怕，可是我很愛你、很愛你，不會傷害你，你願意相信我嗎？」他又點頭。

我閉上眼，在黑暗中擁抱著他，集中心念，將所有的愛都傳送給他。經過好一段時間的靜默與擁抱後，孩子的身體放鬆了，內在的衝突糾結也逐漸軟化了。

睜開眼睛後，我悄聲問道：「我很愛你，你也願意愛我，當我的好朋友嗎？」孩子望著我，毫不猶豫地點頭。

那一刻，我們放下對彼此的懼怕，打了勾勾，約好下次要更快樂地一起上課。

第一次的課程結束後，我不停思索如何改進教學內容及方法，對於如何教導阿丹這個特別的孩子，仍然充滿疑慮與擔憂。

終於來到第二次的上課時間，阿丹推開門，用跑百米的速度衝向我懷中，力道之大，兩人差點變成向後翻滾的人球。

他的媽媽隨後進來，笑著說，今天問阿丹要不要來上瑜伽課，他說當然要，因為猴子老師是他的朋友，他要來看他的朋友。

我莞爾而笑，同時再度放下心中的顧慮與期待，以及想要「控制」整個局面的念頭。原來，維繫我們的是師生間溫暖且充滿信任的連結，以及我對他全然的愛、接納與尊重。他是一個獨立完整的個體，只要能夠充分展現當下最真實的自己，按照自己的速度行進，那便是最佳表現。

因為阿丹不太能跟隨大家一起上課，於是我允許他在一旁用瑜伽磚堆城堡，並不時呼喚他，好讓他感受到雖然在旁邊玩，卻也是這個團體的一份子，毋須以干擾課程的方式來宣示自己的存在。老師會一直看顧著他，並歡迎他隨時回來練習。

經過幾堂課後，阿丹開始願意回到墊子上做幾個喜歡的動作，再回到角落堆磚塊。當大家都為阿丹的進步而讚美他時，他的媽媽說，儘管上課時阿丹都在旁邊玩，但他卻能記得所有教過的動作，常常跟小姊姊一起在家中和室裡為媽媽「上瑜伽課」，反覆練習各種動物體位法，玩得好開心。

在課堂上用眼睛來觀察，回家後再以身體重新演練課堂上的一切，就是阿丹的學習方式。

約莫一個多月後，阿丹終於能跟著大家一起上課了。不過，他對於該如何「練習」很有自己的主張。他教導我要時時放下執著，保持彈性與靈活的思維，用更富創意的角度來改變某些僵固的「規則」。

某次上課，我們用腳趾頭夾彩色絲布，並圍成一圈互相傳遞。每個孩子都很用心地接住同學傳來的布塊，但阿丹不想這樣玩，於是他站起來，用手去搶奪其他小孩腳上的布。

剛開始我跟阿丹的媽媽一直制止他，但旁邊有一位家長卻笑著說：「現在阿丹要扮演大魔王囉，大家的布可要夾緊一點，不要被魔王搶走了！」

孩子們聽了紛紛大笑起來，因為擁有這位稱職的魔王，整個活動變得更為刺激好玩了。阿丹不再是一個「破壞者」，我們創造了新的玩法，讓他能與其他的孩子打成一片。此時，阿丹媽媽也露出鬆了一口氣的笑容。

如此化干戈為玉帛的場景不斷在課堂中上演。教室裡的每位成員都學習放下自我的堅持與批判，敞開心胸接納彼此，讓每一個人都能依照自己的速度跟方式開心練習。

此刻的阿丹，已經跟隨家人移民到國外生活了。但我仍難以忘懷那一夜下課後，阿丹要我抱著他，我們相擁著從教室步往漆黑的巷弄裡。我悄聲告訴他：「猴子老師會一直很愛你喔。等到我老了，你長大了，我還是會很愛你的。」

阿丹的眼裡閃爍著光芒，用纖細的手臂環抱著我。走到馬路邊，我放下他，媽媽牽他過街的同時，他頻頻回頭向我揮手，在對街走得好遠好遠，直到再也看不見彼此的身影為止。

爆走瑜伽

在教導孩子瑜伽的過程中，
讓我重返童年，貼近那個小小的我，
重新與她對話、聆聽她的苦悶、紓解她的憂傷……。

「瑜伽」（Yoga）一詞，是連結、合一的意思。每當讀到這段釋義，我總會想起在親子瑜伽課堂上，母親與兒女間的種種美妙連結。孩子們最喜歡的便是跟媽媽的肢體碰觸，他們總是一邊練習，一邊發明各種雙人動作，好跟媽咪黏在一起。或抱、或坐、或趴、或臥，各種令人莞爾一笑的可愛姿勢紛紛出籠。不只是身體，就連心也緊密相連。親子共處的和諧歡愉，在瑜伽練習中不言而喻。

不過，這只是課堂上的其中一隅，大部分活潑好動的小孩，很難跟成人一樣平穩安定地停留在動作之中。「爆走」是小孩兒的天性，他們老愛四處奔跑嬉鬧，有時則爬到正在做貓式[1]或蛇式[2]的母親背上，得意萬分地將媽媽當馬騎，完全無視可憐老母的百般呼喚，就是不肯下來。

女孩檸檬最喜歡上瑜伽課，因為學校生活難免受到束縛，但在瑜伽教室的任何時刻，她都被允許自由愉快地跑跳。檸檬有自己跟課的節奏，每當做完一個動作後，會興奮地跟著其他小孩繞著教室跑個幾圈，發洩一下壓抑許久的情緒，而當老師喚大家回來時，她也都能立刻停下來，返回課堂之中。

總是很認真練習的她，某次下課回家後跟媽媽說：「我為了鼓勵猴子老師（讓老師知道她會），都忘記今天腳很瘦了，好累喔！」

當我聽到這段轉述時，不禁甜蜜地融化了。想起檸檬在大休息前後，總愛鑽

---

1 貓式(Marjaryasana)
雙手及雙膝平貼在地，將背部拱高，伸展身體背側的肌肉。

2 蛇式(Bhujangasana)
身體呈趴姿，雙腿併攏，掌心放在胸口兩側的地板上，接著雙手推地將上半身抬高，是瑜伽經典的後彎姿勢。

進媽媽懷裡，紅撲撲的小臉倚在母親胸前，闔上眼睛，享受片刻的寧靜，滿臉幸福的模樣。

面對孩子們的種種情緒，大人要做的或許不是批判他們的感知，而是從旁陪伴，尊重他們舒壓的方式。讓孩子在安全無虞的狀態之下，進行一場又一場愉快的宣洩。藉由身體做為抒發內在感受的管道，或許他們還搞不清楚是怎麼回事，但如果不打斷他們，到了最後，小孩通常都能放鬆下來。

兒童練習瑜伽不僅可以鍛鍊身體，達成運動效果，同時也能經驗難得的靜心時光。但在「靜下來」之前，自要經歷一段卸除壓力的過程。

一些平日乖巧而壓抑的孩子常在瑜伽課堂上「發作」，他們會亢奮地尖叫，或在地上瘋也似地翻滾，反常的舉止讓媽媽完全反應不過來。有的則會在最後靜坐時突然哭泣，或者不斷鬧著彆扭，賴在地上不願起來。

小松就是這樣的孩子。記得他在五歲那年，上完第一期親子瑜伽課程後，很開心地告訴媽媽：「我好喜歡瑜伽，等我以後長大當爸爸了，還要繼續練習瑜伽。」

待他來到剛進國小的適應期，面臨新生活的挑戰，心裡有好多無從表達的煩惱。某次下課前，我發給每人一隻動物玩偶，做為靜坐時的同伴。小松抱著他最喜愛的烏龜娃娃，仰躺在媽媽腿上，突然在安靜的教室裡，旁若無人地大笑起來。

媽媽深怕他影響其他同學，立即輕拍他的肩頭想要阻止，但小松恍若未聞，笑得愈來愈厲害，最後乾脆往後一倒，躺在地上繼續放聲狂笑。

他不但笑到全身顫抖，還一邊自言自語，沉浸在自個兒的世界裡，有如一只響個不停的鬧鐘。望著小松一邊笑，一邊在地上打滾，大夥兒都被這幅無厘頭的景象給逗樂了，不禁嘴角上揚，好羨慕他能笑得如此痛快狂放。

笑個不停的孩子一直到大休息結束後，才終於慢慢停歇。他喘了幾口氣，然後爬進媽媽懷中撒嬌一會兒，便站起身來，繼續玩耍，好似方才沒發生過任何事一般。

後來小松的媽媽告訴我，當晚臨睡前，他躺在床上哭了起來，將隱藏許久的緊張釋放之後，終於沉沉入睡。

大人必須更真誠地覺察與接納自己內心的混亂，不再逃避，如此在年幼的孩子試圖卸下情緒的同時，才不會感到恐慌，想要打斷或責備。因為深刻的理解和包容，所以願意讓孩子用自己的方式，表達那些說不出口的感受，並陪著他們迎對成長過程的種種壓力。或許只有在親子間更能尊重彼此的時刻，才有可能展開真正的靜心。

五歲的小臻是個容易焦慮的女孩，很沒安全感，且害怕犯錯，對自我的要求也很高。她的媽媽告訴我，每次要獨自出門辦事，請爸爸幫忙看顧小孩時，小臻都會哭著要媽媽不要離開她。三歲的妹妹小妤則是天不怕地不怕，還會在一旁安慰姊姊：「媽媽又不是死了，妳不要再哭了。」

某次上課，我突然很想帶小臻做嬰兒式[3]的練習。進入姿勢之初，小臻還聳著肩膀，背脊也緊繃不已。於是我輕聲引導她放鬆，想像自己變成小寶寶，再次回到媽媽的肚子裡，然後慢慢呼吸，把不舒服的感覺吐出來。

---

3 嬰兒式（Balasana）
屈膝跪地，上半身前傾，讓腹部貼近大腿，額頭貼地，最後將手臂置於頭部或腿部兩側，放鬆休息。

小臻一動也不動地維持了三、四分鐘之久，在結束練習後，她抬起頭，眼裡有光，還帶著一抹淺淺的微笑，流露著超齡而靜定的神韻，跟剛進教室時迥然不同。那一刻，我感動不已，幾乎要哭了出來。與小臻相視而笑，我倆都獲得深深的安慰。

憶起兒時，我也是個充滿恐懼的孩子，內向敏感，找不到生命的出口，只好將所有的痛楚都隱抑在心底，馱負著看不見的重擔長大。直到後來學會把所思所想書寫下來，並在學習瑜伽的過程中，不斷覺察與放下過去的傷痛、此刻的煩惱與對未來的憂慮，才終於領受到內在的輕盈。

在教導孩子瑜伽的過程中，讓我有機會重返童年，貼近那個小小的我，重新與她對話、聆聽她的苦悶、紓解她的憂傷。

後來在靜坐時，我也時常將當年那個稚嫩而困惑的小女孩攬進懷中，讓老是自囚於情緒牢籠的她，遠離孤單寂寞，歸返此時更趨強壯的當下。乘著呼吸的翅膀，相伴徜徉於靜心之時的安穩與美好。

哭泣的老師

我經常思索，
若是在年幼時，有老師能教我如何靜心，
或許成長之路就不會這麼崎嶇難行。

兒時我是內向敏感的孩子，感受力強、情感豐富，卻不知如何對治情緒或排遣緊張、憂慮帶給身心的不適，只能不斷忍耐、壓抑。到了青少年時期，逐漸演變成憂鬱與失眠，於是我不斷找尋方法，多年後終於在寫作及瑜伽中獲得安頓。

我經常思索，若是在年幼時，有老師能教我如何靜心，或許成長之路就不會這麼崎嶇難行。是故我不但教成人瑜伽，也以教兒童瑜伽為職志。透過教學利益孩子，在奮力攀登生命的險峰時，擁有瑜伽這一根足以輔助前行的登山杖，無論遇到任何困難，都能保有坦然迎對的正念、力量與勇氣，也曉得如何釋放內在的重負，而非成為頻頻爆炸的壓力鍋。

曾經跟一位資深的老師談論兒童瑜伽，他半開玩笑地告訴我：「教小孩做瑜伽，不是發瘋，就是開悟！」多年以後，我對這句話有了更深的體會，所謂的「發瘋」，大概就是師生皆陷於情緒當中，互相拉扯、原地踏步。而能往「開悟」方向行走的老師，能夠平靜而充滿覺察地面對自己與孩子的情緒，在拋接之間尋得平衡，如此便能在正向的互動中不斷進步、成長。

我偶爾會在課堂結束後，給孩子玩簡單的桌遊，做為認真上課的獎勵。二年級的喬恩很喜歡其中的「敲冰磚企鵝」，某次跟媽媽逛街時，看到迷你版的，於是買下來，興奮地帶來教室給我看，表示想跟同學一起玩。

上課時間到了，我溫和地告訴她，得先把桌遊放在旁邊，下課後再拿出來玩。喬恩很順從地照辦了，但卻一直心不在焉。半小時後，她黑著臉，坐在牆邊不願繼續練習，詢問喬恩為何沮喪，她轉身背向我們，沉默不語。

這份抗拒的情緒逐漸在教室蔓延開來，其他的孩子也紛紛彼此衝撞、互相告狀，負面情緒如同利箭般四處飛竄，頻頻中箭的我，心底也升起了一團無名火。

直到課程接近尾聲時，喬恩突然衝到我面前，淚眼婆娑地大喊：「下課了，大家要走了，就沒人陪我玩桌遊了！」

此時我才驚覺，每個情緒與行為背後都是有原因的，喬恩盼了一個星期，終於興高采烈地帶著桌遊來上課，想跟大家分享她的喜悅。然而，老師卻說下課再玩，她實在無法確定，課後會有足夠的時間玩耍，因為平時下課後，同學們的爸媽都會立刻接他們離開，喬恩望著時間一分一秒地過去，卻什麼也不能做，才會如此崩潰無助。

於是，我跟喬恩確認她的情緒是否由此而來，她點點頭，瞬間放鬆不少。我向她保證，老師答應她的事情，一定說到做到，也希望下次能放膽直接表達，才能解決問題，然後讓她和同學一口氣玩了兩局桌遊，再結束課程。

望著孩子們愉快的笑靨，我學到無論在任何時候，面對自己或他人，都要有耐性地去探究情緒的根源，而不是壓抑、否認或澆熄表面的情緒，卻對深層的痛楚及傷痕視而不見。不管再棘手、複雜的情境，都要充滿愛與同理地迎對，才不會愈解愈結，創造更多束縛。

我自認是個好脾氣的人，但某段時間，遇到一群非常有主見、固執、難以妥協的孩子，每堂課都以各種方式將我激怒。雖感舉步維艱，卻也覺得深富挑戰，於是決定繼續與他們相處。

這群孩子初來乍到時，情緒經常焦躁不定，我不斷設計各種教案，卻仍徒勞無功。他們上課時常擺著臭臉，枯坐墊上不發一語，或躲在牆邊生悶氣，精心編排的課程仍然很難吸引他們的注意力。

半年之後，依舊一籌莫展。奇怪的是，孩子在課堂上看似不想練習，卻仍跟爸媽表示想持續上課。隱約感到裡頭有著尚未完成的學習課題，想來是個自我探索的良機，因此即使窒礙難行，我仍不願放棄，還是留住了這個班級。

漸漸地，我與這群孩子有了更深的情感交流，當我在課前問他們：「在學校過得還開心嗎？」「現在會不會累？」孩子們會願意跟我聊得更多，讓我更清楚他們的狀態。可能是兩小時前才剛上完體育課、昨晚沒睡好、今日跟某位同學發生口角、被大人責備，因而情緒低落，或較無體力練習，只想做些輕鬆的伸展、靜坐、畫曼陀羅[4]，玩一些瑜伽遊戲。

跟他們建立關係的過程中，我不斷放下自己的堅持，尊重每一個體的差異，學習更有彈性地應對每個狀況。然而，我的心緒卻依然起伏不定，課前即使已經靜坐，面對他們時還是常感焦慮，課後也得調適一陣子，才能平靜下來。

某次我在極度忙碌的狀態下來到教室，恰巧有位孩子十分躁動不安，負能量猶如感冒般彼此傳染，最後全班都捲入情緒漩渦之中，就連我也難以倖免。眼看著潮浪覆頂，再也教不下去，覺得始終無法好好引領孩子，對自己感到無比失望，又氣又惱，夾雜著積累多時的挫折感，終於忍不住流下淚來。

---

4 曼陀羅（Mandala）

在梵文中有「圓形」、「中心」的意思，藉由彩繪曼陀羅的幾何圖形，有助於沉澱心靈、強化專注和洞察力，具有療癒舒壓的效果。

頓時教室一片靜寂，孩子們驚訝地凝視我，第一次見到哭泣的老師，大家都不知所措。

「猴子老師，對不起。」一位孩子小心翼翼地說。其他的孩子也紛紛跟進，並乖乖坐在墊子上，一動也不動地瞅著我，等待我的回應。

「猴子老師很傷心，因為我真的很愛你們，好想讓你們開心，但大家卻還是這麼難過。我們一起努力，好好練習，讓自己快樂起來，好嗎？」我哽咽地說。

孩子們靜默而真誠地望著我，傾聽我的感受，然後一致點頭，在擁抱之後，才結束課程。

那堂課給我很深的反省與釋放，讓我不但看見也接受了自己的限制，放下期待，原諒自己的不能。爾後踏進教室，我卸除了防衛與戒心，不再一心想控制整個局面。脫下堅硬的盔甲，用更放鬆、柔軟的身段與孩子連結，接受他們本來的模樣，不再想改變他們，或試圖讓他們表現得更好，而是透過練習與之共同流動。

逐漸地，我也學會不只用語言管理班級，而是在一片嘈雜聲中帶頭靜坐，或者藉由緩緩敲鉢，讓孩子感受靜下來的美好。當大人擁有一顆穩定的心，不一定會直接影響孩子，但卻獲得了收放自如的能力，能夠在各種情況下與孩子和平共處。

當我安靜下來時，便能接納孩子當下的樣子，並用肯定而溫和的語氣、正面的話語，告訴攤在地上蠕動、拒絕練習的孩子：「雖然你現在沒有跟著做，但我知道你一定會做，也一定可以做得很好！」每堂課都不斷鼓勵他，讓他知道老師很看重他、相信他，孩子就會有所改變，漸漸學會自重、自制，也擁有自信。

如今，這些曾經暴走的孩子們依然持續練習瑜伽，並擁有令人欣喜的進步。而我不只是他們的老師，也是彼此信任、默契十足的夥伴。在課堂上無論是想學點新動作、玩瑜伽遊戲、靜心、想用力發洩一下煩悶的情緒，甚或是想暫時待在一旁休息，這些渴望都會被看見和尊重。

當我們放下大人的身段，試著去理解孩子的眼淚、憤怒、失落與快樂，在給予溫暖陪伴的歷程中，便也療癒了內在小孩藏匿多年的傷痛。在帶領中感受這份觸動，並慢慢放下，回歸平靜，這就是做為兒童瑜伽老師最幸福的地方。

初戀瑜伽

初戀瑜伽的當下，
尚未有太多的分析、計較與期待，
僅如實感受身心合一的美妙體驗。

做為一位瑜伽老師，每天跟不同的學員相處，當他們與我分享初學瑜伽時一見傾心的美好，總令我怦然心動，久久難以忘懷。

初戀瑜伽的當下，尚未有太多的分析、計較與期待，僅如實感受身心合一的美妙體驗。詩人馬克．尼波（Mark Nepo）在《每一天的覺醒》（*The Book of Awakening*）一書中，形容如此的經驗是屬於「上帝視角」（或稱「心靈視角」或「靈魂視角」）的時刻。在最初的視域，能用最本真的角度看待事情，它宛如醍醐灌頂般的天啟，讓我們擁有獨一無二的感受，卻尚未有其他情緒干擾。而第一次停駐在眼底的風景，讓我們終於停下絮絮言談，不再表演與偽裝，好似風平水靜，再無刻意作勢，在心房的每一聲跳動裡，靈魂洗盡鉛華。

課堂上的學生來來去去，有些人固定跟隨，當我想起他們最初的身影及練習的過程，總為他們的成長而莞爾。有些人每週見面，卻忽然不告而別，再也不見蹤影，但每當憶及他們與我生命交會的一刻，依然感動不已，偶爾也會想著他們現在究竟在哪裡，是否仍舊保持練習呢？有些人則在銷聲匿跡一段時間之後，重新現身，在解釋消失的原由時，也帶來精采的故事，讓我既驚嘆又動容。

從事教學工作多年後，我學會隨順緣起緣滅，懷抱感謝，不再因人們的來去而搖撼。因在每個相處的當下，盡力分享所知的一切，也付出全然的真心，那便已足夠。

半年前有位學生Y，在最後一堂課時遞上卡片，告訴我因工作變動，無法繼續上課，於是我們相擁而別。

當我返家後，在深夜燈下細讀那張卡片，瞬時眼眶溼潤，被她的文字深深觸動了。她告訴我，第一次上我的課是在兩年前的一個颱風夜前夕，那是她的第二堂瑜伽課，因為遭逢失戀，身心俱疲。她一直記得，那堂課讓她好放鬆，跟隨著我引導的聲音，專注在呼吸上，尋回那久違的寧靜，得以從傷痛的情緒中暫時抽離，歇息片刻，也獲得了療癒。

有陣子她又遇到一些煩心事，在鬱結之際，驀然想起我在大休息時說道：「把上一個呼吸留在前一秒鐘，放下過去所發生的一切，專心感受此時此刻、當下的每一個呼吸。」於是，她開始學習不再緊抓那些無法掌控的事，試著相信無論事情如何發展，最終都會是圓滿無缺憾的。

她最令人感動的，無疑是透過規律的練習，慢慢尋得穩定的力量，不只是在瑜伽墊上，同時也在生活中持續修練，可說是一個真正的瑜伽練習者。

每個靈魂都有著豐富的生命經驗，如此特別卻又雷同，當陪伴他們走了一段，再聆聽對方娓娓道來一路所見的心靈風景，我總會在心中呼喊：「原來是這樣，原來你經歷了這些！」此外，也由衷感謝被對方擇為同行夥伴，共同成就一段美好的瑜伽旅程。

同樣擔任瑜伽老師的朋友，也會與我訴說他們的故事。某次G老師告訴我，他從小便是運動健將，活潑好動，長年活躍於田徑場及球場上，從來都靜不下來，喜歡不斷競爭與衝刺，讓身心持續處於振奮的狀態。

然而在升上大學後，他發現情緒經常過度高漲、思考跳躍，還會不由自主地騎快車，也常無法克制地瘋狂購物。那時每天只睡三小時，卻仍精神抖擻，世界彷彿陀螺般高速運轉，接著卻瞬間跌入憂鬱幽谷，把自己關在屋裡三天三夜都不願出門。經歷情緒異常的高低起伏一段時間，就醫後才發現罹患了躁鬱症。

於是G老師開始練習瑜伽，有別於昔日在陽光下的疾走如飛、盡情揮灑汗水，他學習在墊上放慢節奏，在伸展與呼吸中安定心神，並藉由靜心練習尋得深層的放鬆。同時也慢慢修正自己追求完美的性格，學著降低標準、保持彈性，逐漸緩解內在的壓力。

躁鬱症痊癒之後，G重拾往日的開朗笑容，成為一位帶給學員快樂與陽光的瑜伽老師。因為走過，所以他更懂得如何在練習中撫平每一顆狂亂而爆走的心，讓學員真正地回復平靜。

G老師的故事讓我想到學員K，她在某次課後問我：「老師，妳為什麼練習瑜伽？」我愣了一下便順口回答：「因為練習讓我不斷回歸身心平衡的狀態，所以喜歡練習。」她聽完露出燦笑：「我呢，沒什麼厲害的理由，只是為了這一個小時可以不用接老闆的電話，完全不受打擾地休息一下！」語畢，我們都笑了。深知在高速運轉的繁忙生活中，要擁有一時半刻屬於自己的時間，是多麼不易。當心神俱疲時，得以躲在誰都找不到的祕密基地放鬆一下，絕對是最幸福的事。

我每週都會教到初學者，帶領他們展開人生中的第一堂瑜伽課。某次有位男學員帶著高齡七十的母親來上課，他媽媽有些重聽，也不諳國語，於是兒子不斷為她把指令翻成台語，時而出手擺正母親的手腳。不過他媽媽的身體極度不協調、左右不分，且不擅於模仿老師的動作，往往做成另一個完全不同的姿勢，還因此差點摔倒，讓我和她兒子都捏了一把冷汗。

在課程的前半堂，我們都費盡心思想調整她的動作，後來發現她逐漸能控制身體了，我便告訴男學員，可以放手讓媽媽自己做，讓她擁有自行探索的空間，在安全範圍之內，即使不太標準也無妨。

接著，我們開始練習拜日式[5]，第一次她做得東倒西歪，顧了手就顧不到腳，要舉右手卻一直舉左手，想抬頭看老師的示範卻瞬間失去平衡。然而，樂觀的她卻不因此而受挫，反而覺得有趣，還不斷笑出聲來，就像一個玩得很開心的孩子。其他同學看了也忍俊不住，因為老人家實在太可愛了。

反覆進行幾遍拜日式後，雖然依舊手忙腳亂，她卻逐漸覓得些許訣竅。我望著氣喘吁吁的她問道：「阿姨，瑜伽好不好玩啊？」「嗳，真是太好玩了，我真沒想到這麼好玩！」她興奮地說。「好玩

---

5 **拜日式（Surya Namaskara）**由十二個連續動作所組成，是瑜伽體位法的經典練習，包含一系列前彎和後彎動作。在梵文中Surya指的是太陽，Namaskara是致敬、禮敬的意思，古時候的瑜伽士在清晨面朝東方練習，表達對於太陽與光明的崇敬與追隨。

就好，好玩最重要，其他的以後再說。」我笑著回應她。一旁的兒子見媽媽如此振奮，也不禁笑了起來。

瑜伽大師艾揚格（B.K.S Iyengar）將體位法分為三個不同的層次，分別是外在的追尋帶來身體的強健；內在的追尋帶來智性的平和；而深層的追尋帶來靈性的仁愛。

在練習的最初，我們體會到的那份純粹的熱情與歡愉，總因時間的推演而慢慢被消磨殆盡，同時也可能失去方向，或僅停駐在表層的追求便已心滿意足，落入「模式化」的窠臼。當身體已經習慣平時練習的方法，也不再遭遇太多困難，常常只是「擺」出一個姿勢便就此罷休，覺得練來練去就是這樣，久了便開始感到無聊、迷惘，或者一味地追求高難度的體位法，並以此當作練習的全部，卻忽略呼吸及心念的集中，以及覺知、內觀當下的狀態，也是練習很重要的部分。

若能思憶練習的初衷，並一路保持覺知，不斷駐足反思，便能記取終極的目標，鎖定正確的方向，繼續往前邁進。

男子瑜伽

敞開心胸接納自己的身體，
在日復一日的練習中，
覺察並卸下社會賦予男性角色的壓力與期待。

瑜伽是專屬於女性的活動嗎？到底男性適不適合練瑜伽呢？在大部分的瑜伽課堂上，學員確實都以女生居多，當人們想到瑜伽，腦中浮現的也幾乎是身材曼妙的柔軟女子，在墊上展現凹折自如的高超技巧，令許多男士望之卻步。

歸結男人不願意練瑜伽的原因，多半是自認筋骨太硬，即使鼓起勇氣嘗試練習，見到身邊的老婆或女同學輕鬆自在便能完成動作，自己費盡全力仍彎不下去，內心的小劇場便開始上演了：「我好糟糕，怎麼都做不到。」「好沒面子，丟臉死了。」接著再幫自己找藉口：「拉來拉去的好無聊，還不如去跑步健身。」「瑜伽好娘，不適合我。」

在手忙腳亂、深感挫折之際，如果再被左右鄰居有心無心地瞄了一眼，或者被熱心卻不諳人情世故的老師不斷呼喊、調整，全班的目光如暗箭般頻頻飛射過來，雄性自尊頓時嚴重受創，直想找個地洞鑽進去，再也不想踏進瑜伽教室。

然而也有一群男學員願意放下自我防衛，敞開心胸接納自己的身體，在日復一日的練習中，覺察並卸下社會賦予男性角色的壓力與期待。偶爾讓身心放鬆下來，毋須總是全力以赴，擁抱自己的脆弱與疲憊，在墊子上好好照顧自己一回，充電片刻，那是多麼美好而必要的事。

所謂的「僵硬」不只是身體，還有心理層面，當內在缺乏彈性時，肉身也會顯現出相同的狀態，長期下來有損健康。如同瑜伽大師艾揚格說，在這世上沒有任何事情能完全擺脫緊張與壓力，最重要的是要能應對隨時產生的壓力，不讓壓力留下痕跡，也不在身體各個系統中蓄積，這才是克服壓力的根本。

練習瑜伽能幫助我們抒解日常生活中的壓力、緊張與匆忙，重歸平衡穩定，不分男女老少都很需要。而身體所具有的條件，以及是否能變得柔軟、強健倒是其次，內在的轉化與安頓才是重點。

我的朋友阿德是一位男性瑜伽老師。數年前他加入健身房，熱衷於鍛鍊體魄，但身為男性，對於瑜伽終究存有一定程度的猶豫。當他透過教室玻璃窗窺見裡頭的學員做出各式體位法，抗拒中帶著一絲好奇，無數的問號在心中盤桓：「他們好奇怪，為何要擺出這些怪異的姿勢，真的無法理解。」直到某次健身完，途經韻律教室，終於忍不住走進去，拉了張墊子開始練習，就此離不開瑜伽。

「第一次上完課覺得通體舒暢，流了很多汗，非常舒服。」瑜伽沒有想像中困難，做完再去上班，一整天都精神抖擻、情緒穩定，讓他不禁一堂接著一堂做下去，不知不覺過了許多年，後來還接受瑜伽師資訓練，在下班後兼職教瑜伽。因為親身走過，阿德非常懂得男人對於瑜伽的各式情結，而男學員有了他的引導，練起瑜伽也更自在了。

「瑜伽練的不只是身體，練完心中還有一種說不上來的平靜。於是這幾年我開始嘗試靜坐，也分享給我的學員。」阿德的業務生涯需要經常在世界各地奔波，他的行李箱始終都有一張薄墊，無論到哪裡出差，墊子一鋪就能展開簡單的練習，靜坐更是每日所需，跟飲食和睡眠同等重要。

透過瑜伽，阿德得以在忙碌的旅途中安定下來，而瑜伽也神奇地成為他工作上的助力：「常常遇到客戶不經意地聊起瑜伽，有了共同話題，愈談愈開心，就算生意沒談成，彼此也留下很好的印象。而當有客戶抱怨身體不適，我就教他幾個姿勢來放鬆，兩人一拍即合，成功簽下一筆訂單。」

阿德不管到哪裡，都會吸引「瑜伽人」來到他身邊：「我沒在騙你，就連在歐洲坐火車時，身邊的外國人也莫名其妙跟我聊起瑜伽。」他笑著說，因為瑜伽，工作變得更順遂有趣了，這真是始料未及的恩典。

另一位瑜伽男孩名叫阿昱，他從國中開始接觸瑜伽。因為加入跆拳校隊，在多年的集訓過程中留下諸多舊傷。身強體壯且酷愛運動的他，年紀輕輕便飽受膝蓋疼痛之苦，於是在阿姨的引薦下練習瑜伽，成為瑜伽教室少見的青春期男孩。

青少年一直是最難推廣瑜伽的族群，因為這個年紀多半喜歡具有速度感或競爭性的體育活動，例如打球、游泳、跑步、跳舞，幾乎不會選擇瑜伽。兒童瑜伽能寓練習於遊戲，但小大人卻覺得太幼稚，一點也不好玩。可若要用成人的方式來上課，他們又感到太無聊，缺乏耐性停留在動作中，令老師束手無策。

然而在青春期階段，正要從兒童期過渡至成年期，身心皆處於劇烈變動的狀態，種種失序卻也最需要透過靜心來平衡。

「朋友們都不知道我在練瑜伽，我從來不說，因為沒練過，講了他們也不懂。」阿昱很有自己的想法，他認為瑜伽不只對他的身體有療癒的功效，還有其他附帶的好處：「每次考試前壓力都很大，還有遇到人際關係不順，不知該怎麼辦，但練完瑜伽後，心裡輕鬆很多。」

瑜伽是阿昱校園生活的浮木，憑藉著一份興趣與喜愛而練習，晚間或假日時常能見到他的身影。當念設計的他缺乏靈感時，也常踏上墊子放空片刻，讓腦袋關機後再重新啟動。瑜伽就像一位忠實的朋友，陪伴他完成諸多精采創作。

目前阿昱已經高中畢業，準備出國留學。在台灣的最後一堂瑜伽課，他依然自嘲：「我的身體不管怎麼練都一樣硬。」但看在我眼裡，阿昱的進步與成長豈能用柔軟度來衡量，對於一位這麼年輕的孩子來說，能主動堅持瑜伽如此多年，這份不畏艱難的精神，無論施展在哪個領域，都能獲得很大的成就吧！

另一位男學員建睿目前還在讀大學，第一次上課時，父親帶著他來到教室，告訴我：「老師，我兒子從小到大都有失眠的問題，看遍無數醫生，吃了各式各樣的藥都沒用。我聽說瑜伽能幫助放鬆，所以想讓他來試試，就請您多照顧他了。」

聽完這位父親的一席話，讓我想到以前當我憂鬱又睡不著時，我爸爸也是這樣伴我多年，直到我慢慢揮別充滿陰霾的人生。爸爸真是偉大的存在，默默在孩子的背後提供無條件的支持，沉默寡言，卻一直用行動去愛著自己的孩子。

我立即點頭允諾。課間我不斷觀察這位學生，他其實沒有太大的問題，只是容易焦慮及不由自主地抖動肢體，很需要放鬆身體和頭腦，讓身心慢慢靜止下來，而瑜伽對他會是很好的一條路。

課後跟建睿聊了一下，他說剛剛大休息時竟然睡著了！而當他描述失眠的痛苦，每晚十一點上床，卻要到半夜兩點才得以入眠，即使服藥也完全無效時，我完全能感同身受，也跟他分享我也曾經歷很長一段時間的失眠，以為此生都好不了了，但後來卻藉由瑜伽而慢慢調養好。

當我們一起返回大廳時，又見到等待兒子下課的爸爸。他幫兒子找到教室，然後一直陪著他，希望他能早日好睡，真是令人感動。

隔週建睿來上第二堂課，這回他在大休息睡得不省人事，課後我不斷搖晃他的手臂、呼喊他的名字，他都無動於衷，就連大夥兒踏出教室的腳步聲、談笑聲，以及打掃阿姨打開刺耳的吸塵器都無法吵醒他。無計可施之下，只能請他的父親來幫忙。

我一邊走向大廳，一邊在心中頑皮地想：「這位爸爸，你兒子真的有失眠嗎？我看他睡得挺好啊。」

「建睿睡得太熟了，我叫不醒他。」我告訴對方，接著領他進入教室。建睿爸爸臉上流露不可思議的驚訝表情，走到鼾聲大作的兒子身畔：「弟弟，下課了，我們回家吧。」建睿終於在父親的呼喚聲中揉揉眼睛坐起來，不好意思地笑了。

望著眼前兩位緊張的男子終於放鬆了，這個畫面真是太美妙了。或許這只是一個開頭，繼續走下去，日後瑜伽必定能帶給他們更多的禮物。

幸福瑜伽

沒有完美的姿勢，
因為每個人都是獨特的個體⋯⋯
不慌不忙，用適切的速度穩定前進。

我曾在某段時間陷入愁雲慘霧之中，令人心碎之事連番到來，命運之神絲毫不留情面地予以最慘烈的打擊，再多的掙扎都無力回天。外在的崩壞逼得我將注意力轉向自己，然而再多的放縱與傾訴，都難以讓心獲得真正的撫慰，反而增添更多的混亂及困惑。

終於，我放棄向外攀緣，在停頓下來的那一瞬間，時空戛然而止，回到自己的呼吸，傷痕累累的心觸碰到那久違的寧靜。我在淚眼婆娑中恍然大悟，原來幸福一直停駐於此，只是五光十色的世界與際遇的無常，讓我失去了這份專注與覺知。

究竟什麼才是真正的幸福？瑜伽大師斯瓦米．韋達要我們自問，為什麼你會在世間徘徊，如同迷途之人？為什麼總是觸碰不到自己想要的東西，也說不上來自己究竟在追求什麼？那是因為你總是向外追尋，不斷尋找要征服的目標，以為這能為生命帶來滿足感，然而你真的滿足了嗎？而這份滿足又能持續多長的時間呢？因此大師告誡我們，人應該要向內探索，去尋覓那沒有名字、超越時空、無邊無際的所在。

那麼我們該如何進入自己的內在呢？大師說，你是沿著哪條路，通過感官抵達外在世界，就再順著那條路找回去。當你張開眼，就從內在跑了出來；閉上眼，就可以返回。當你用耳朵聆聽外界的聲音，你就從內在跑了出來，而留神傾聽內在的聲音，就可以進去。要學習如何去找，並不斷深入，若是真的找到了，會覺得它的滋味比任何美酒都要香醇。

每年的寒暑假，我都會帶領連續五天的兒童瑜伽營隊。某年的人數特別多，孩子也格外喧譁，在課程結束後，我已喉嚨疼痛、精疲力竭。眼看著午、晚尚有三堂成人瑜伽課，疲憊感不禁油然而生。

然而當我踏進窗明几淨的瑜伽會館，望見幾位正在靜坐的學員，還未上課，便已迫不及待地沉浸於甜美的靜謐，讓甫從頑童群中脫身的我如夢初醒，做了幾次深呼吸後，趕緊加入他們的行列，讓焦躁不定的心獲得片刻休息。

完成溫和流動的伸展後，課堂已近尾聲，躺在墊上的學員很快地在大休息中沉睡了。音響傳來清脆悅耳的蟲鳴鳥囀，應和陣陣沉穩的鼾聲；窗外樹影婆娑，微光悄悄鋪灑在光潔的地板上，陪伴著滿室安眠的人們盡情歇息。

我在墊上闔眼端坐，好似來到城市中的蓊鬱森林，在一吸一吐之間，感受這療癒的寧和氛圍，疲倦與衝突緩緩消融，把我溫柔地帶回當下。那一刻我深刻體悟到，只須記得回來，心家的大門永遠為我們敞開。

當我來到瑜伽墊上，允許自己停下來，便能體會每個體位法中的力量與放鬆是能夠和諧共存的，同時也尋索如何花費恰到好處的氣力，才能延續穩定的姿勢及呼吸。猶如平衡日常生活中的每一根槓桿，是一個持續而沒有盡頭的過程，也不可能永遠保持在完美之境，但當我常常跟自己的覺知在一起，就能在觀察與微調中覓得平靜。

小易跟齊齊是我兒童瑜伽課的學員，某次上課練習「坐姿前彎」時，天生柔軟的女孩齊齊就像釘書機對折一般，輕鬆地趴在自己腿上，男孩小易則有些忸怩地望著我說：「我做不到。」

「那我們彎一點膝蓋試試看。」我教小易做替代式，然而幾秒鐘之後，他轉頭看見齊齊的漂亮姿勢，於是奮力拗著背，伸手觸探著腳趾，想要模仿同學的動作。

「你覺得這樣舒服嗎？」我問他。小易搖頭：「不舒服，好痛！」

「那我們要選舒服的，還是不舒服的姿勢？」我再度示範兩種做法給他們看。

他們毫無猶豫，異口同聲地說：「舒服的！」「那每個人舒服的姿勢是一樣的嗎？」我又問。

小易很大聲地說：「不一樣！」於是，兩人各自選擇自己舒服的姿勢停留。

幾個呼吸之後，兩個孩子抬起頭來，我凝望他們天真稚嫩的笑顏，想起從前的許多時刻，我也曾嚴厲責備自己做得不夠好，缺乏自信的心蜷成一團縮在角落，不知何去何從。後來我才在練習與教學中了解到，沒有完美的姿勢，因為每個人都是獨特的個體，有些人柔軟，有些人僵硬，每天的身體狀況與條件也不盡相同，必須秉持「非暴力」（Ahimsa）的原則，尊重每個當下的自己，不慌不忙，用適切的速度穩定前進。

透過練習，我也才了解到自己原來很怕輸、很怕表現不好、很怕落後別人……但也從中學會挪出更多的彈性跟空間，放下評斷之心，去認識每個人都是不一樣的，尊重別人跟自己不一樣，也勇敢選擇跟別人不一樣，才能獲得真正的自信。

另一次也同樣是在坐姿前彎的動作中，在兒童瑜伽課總是蹦蹦跳跳、興奮不已的小福，好似突然被按下「暫停」的開關，趴在自己的腿上，閉上眼睛，安靜了下來。

待大家進入大休息時，小福依然一動也不動地停在前彎的姿勢當中。我決定不打擾她，讓她選擇自己需要的練習。

小福很自然地保持安定的身體和呼吸，一直到大家起身靜坐、下課，她都仍清醒而自在地留在前彎之中。

當我開燈時，小福終於緩緩地離開這個姿勢，前後約有八分鐘。她猶如剛睡醒一般，呼了一大口氣，臉上掛著甜甜的笑容。我問她：「覺得舒服嗎？」小福點點頭，流露滿足的神情。

「我們終於找到瑜伽的魔法了，以後覺得緊張、不舒服、難過的時候，都可以做這個動作，幫助自己安靜下來喔！」「好！」小福愉快地點點頭。

這個令人感動的場景，讓我想起帕坦佳利（Patanjali）在《瑜伽經》中提到：「體位法是穩定而放鬆的姿勢。」許多大人花了很多時間還無法體會的境界，一個心中全然沒想把體位法做得穩定、放鬆的孩子，卻很輕易地達成了。

每當我練習坐姿前彎時，這幕情景常會閃過腦海，我也盡情感受著，能夠如此愜意地停在這個動作之中，讓心安住在當下，真的非常幸福。

每當提到靜心的方式，我總會想起某年參加喜馬拉雅瑜伽傳承的靜默營，活動地點是天主教的靈修聖地真福山。營區內有兩座教堂，一座是天主教堂，十分宏偉壯觀，另一座是基督教堂，雖然空間較小，但能量甚好，屋外太熱時，我都愛往這兒跑，成為自我練習的祕密基地。

在教堂內靜坐、持咒是很奇特的經驗，因為平時絕對不會想去教堂做這些練習。我常會先在室內走動片刻，帶著虔敬的心欣賞四周的雕像和畫作，再找個喜歡的位置坐下。

某次遇到一位基督徒，坐在前面讀經祈禱，後來聽見他輕聲呼喊：「主啊、主啊……」我則在後面靜閉著眼，盤腿撥著念珠，安坐在十字架前。

那一刻真是非常美麗。原本孤獨而專注地攀爬腳下的這座山峰，驀然窺見另一座山頭的朋友，也跟我同樣努力不懈地走在自己選擇的道路上，在練習中安靜地彼此陪伴。

那時我忽然明白，我們可能選擇不同的靈性道路，然而走到盡頭都將通往真理。用任何方式靜心，終究毫無二致。只要願意堅持，踏遍千山萬水，終將會一起抵達幸福的終點。

鏡瑜伽

沒有了鏡子，
我不再左顧右盼……
這份凝神專注比肉眼還能看得更深、更真、更完整。

大部分的瑜伽教室皆設有鏡牆，除了讓空間看起來更寬敞，也可供學員審視姿勢是否標準。剛開始學習瑜伽時，我曾是鏡子的重度使用者，上課必得將墊子鋪在鏡子旁，每個動作都要透過鏡子詳加檢視，將每處細節都做到位，如此才有安全感。

一般人面對鏡中的影像，聒噪的腦袋總是不斷冒出各種想法，略可分為幾種類型：首先是針對身材的批判：「嗚，最近發胖了。」「我的手臂好粗，肚子好大。」接著在上課之後，開始批評自己的姿勢：「我的背好硬，總是彎不下去，永遠做不好。」「手可能要再抬高一點才正確……對，這樣好看多了。」當然鏡裡不可能只有自己，還有隔壁鄰居們，同儕間的比較於焉展開：「咦，某某的腿怎能拉得這麼開，我為何不行？」「某某已經練好幾年了，怎麼還做得那麼糟？」「某某做得到，我也可以，跟它拚了！」

一場場喧囂的內心小劇場輪番上演，直到離開最初練習的地方，來到台北接受師資訓練。這是一間沒有鏡子的教室，老師告訴我們：「不需要看鏡子，你要真正去感覺自己的身體和呼吸。別擔心，若是真的做得不對，老師會適時幫你調整。」

剛開始我很不自在，因為見不到自己的動作，怎能做得正確呢？於是磨蹭許久，顧了手卻顧不到腳，挪好腳後，又感到身體歪斜了。調來調去，老是慢別人半拍。

不久之後，老師發覺我拖拉的習慣，因此告訴我：「放掉那些調整的小動作，不要猶豫，跟著呼吸的流動，乾淨俐落地進入體式中，妳會有很大的進步。」

初時我面臨很大的恐懼，因為沒有鏡子，又不能再三核對，實在很怕做錯。站在墊子上，有種無依無靠之感，這也是我昔日強烈依賴鏡子的原因。

一段時間之後，終於理解老師的忠告，並透過獨立自主的練習，信心日趨滋長。最重要的是，沒有了鏡子，我不再左顧右盼，而是向內收攝，讓原本支離破碎的身體、呼吸與心念，在體位法中合而為一。即使在閉目的狀態裡，也能打開內在的眼睛，微調姿勢、靜心觀息。這份凝神專注比肉眼還能看得更深、更真、更完整。

瑜伽大師斯瓦米·拉瑪說：「這個世界是面鏡子，對鏡子不用有太多期待，鏡子不過呈現你是誰的反射。」我們的潛意識經常認為自己不夠好，不符合外界的期待，總是充滿自我批判，並預期在檢視的過程中將會醜態百出，因此寧可活在想像的「他我」之中，也不願接受自我真實的模樣。

除了平時的瑜伽教學行程之外，我偶爾也必須協助教室、廠商、出版社及電視節目進行相關的拍攝工作。然而最初我完全不敢看剪出來的成品，猶如從前在做採訪工作時，不喜歡聆聽自己在錄音筆中的聲音，總是迅速跳過，覺得自己老問些蠢問題，實在笨拙不堪。而要觀賞活生生的影像出現在電視上，更是令人畏懼。欠缺自信的我，認定自己的表現一定糟透了，實地觀看影片，也只是更加肯定先前的推論千真萬確。

直到後來，某間教室為我拍了幾支課程宣傳片，這位老闆的攝影及後製能力十分專業，拍攝時的引導也深得我心。上網點閱後，看到其中一段訪談，我竟紅了眼眶，深受感動。

「這是我嗎？」好似第一次與自己相遇，重新看了一遍又一遍，也把之前拍過的影像紀錄拿出來審視一番，慢慢熟悉自己在鏡頭前的樣子。

後來，我也透過不同的拍攝場合，重新認識自己。例如我在緊張時，有時腳趾會用力翹起，說話時鼻頭微皺、目光飄忽不定，或者雙眼不自然地睜大，顯得有些空洞。

在螢幕上所有的小動作都會被放大，而透過如此有趣的發現，讓我省思要在任何時刻都保持覺察，是一件多麼困難的事。當我們在瑜伽墊上自以為能控制身體和呼吸，然而置換到不同的情境，或者身心處於龐大的壓力之際，那份專注的覺知卻已蕩然無存，在情緒的波動與干擾中也無法充分感受一切。

透過影像拍攝了解身體的慣性，並再次核對當時的心理狀態，體認到身心往往有著高度的一致性。「放鬆」即是解開糾結的唯一鑰匙，而關鍵仍在於放下對於自我的批判，以及每一刻都要擁有最佳表現的執著。

他人對於我們的評論或見解，也會是一面明鏡，然而當下可能會觸動反擊、逃避及否認之心，得要在情緒過境後，靜下心來，細思對方真正所要傳達的意思，在話語裡辨明虛中之實，窺得實中之虛。

某次有位匿名的學員反映，他覺得我總是習慣呼喚班上特定幾位學員的名字，讓他感覺被冷落了。於是我自問：「在什麼狀況之下，我會叫喊學員呢？」

我觀察到自己慣於在姿勢需要微調時喊他們，資深的成員通常透過口令即能自我調整，因此呼喊他們的次數較多；至於初學的學員，我則會走到他們身邊直接進行手部調整，所以呼喚他們的次數較少。

即使我的用意如此，部分學員感受到的可能還是老師不夠關心他們，這便是需要改善之處。於是我接納此一建議，儘量平均而恰到好處地喊他們的名字，若是人數眾多的班級，無法記得所有人的名字，我也會多以眼神或動手調整與之連結，讓每個人所獲得的關照雨露均霑，不多也不少。

此時我才發現，確實有些學員容易被忽略，他們不常與老師及同學互動，一進教室就面無表情地躲在角落，下課後以最快的速度離開。或許每個人對於練習有不同的慣性及看法，但在課堂中都需要被妥善照顧，透過各種交流，漸漸跨越高牆、化解隔閡，方能分享內在不同的風景。這不僅是學員的習題，也是老師的功課，而我們正是彼此最好的一面鏡子。

在一個寒冷的冬天早晨，課程接近尾聲時，我詢問大家是否需要毛毯，發送之後，才熄燈進行大休息。

約莫三分鐘後，發覺有位初次上課的學員躺在窗邊，雙腿雖裹著毯子，但胸前僅蓋著一條毛巾，身體正不安抖動著。於是我把手邊的毛毯覆在她身上，並協助她將雙臂裹進毯中。

那一瞬間，她的身體完全放鬆了，感受到老師的關心，終於能夠好好呼吸，而我也安心地闔眼靜坐片刻。

起身之後，她望向我，眼中充滿溫暖和煦的光芒，我也燦爛地笑了。如果雙眸也是一面鏡子，我們同時見到彼此那顆柔軟的心，正無憂無懼地敞開。

大休息

大休息看似簡單，
卻是瑜伽最難的體位法——「保持清醒而放鬆的狀態」，
真是難如登天。

在一堂瑜伽課程當中，最讓大家期待的莫過於最後的「大休息」。在梵文裡Shava是「屍體」的意思，因此又稱「攤屍式[6]」。在練習時需要躺在地上，手腳攤平，閉上雙眼，維持身體靜止不動。透過此式能充分消除疲勞，獲得內在平靜。

6 攤屍式（Shavasana）又稱大休息；展開四肢平躺在地，闔上雙眼，放鬆全身的肌肉，保持呼吸的覺知，以及意念的專注。

大休息看似是一個極為簡單的動作，卻是瑜伽最難的體位法。因當人們靜止下來，各式雜亂的念頭便如雪花般紛飛，心神不寧，無法自拔地陷入思緒的漫遊；或因身體不適應躺姿而翻來覆去、痠痛難耐。有時則因疲憊而跌進昏沉的泥淖，即刻失去意識。真要能做到攤屍式的精髓——「保持清醒而放鬆的狀態」，真是難如登天。

對我而言，大休息之難，在於把身體毫無畏懼地攤開，且在任何的時空當中，身心都要全然地放鬆，內外在皆是如此。

這是攸關信任的課題。在某些艱難的時刻，經歷了人事的流離遞變，練習攤屍式時便無法安心躺臥。當最脆弱的胸腹朝天，恐懼便如電流般在全身亂竄，浮光掠影在腦中一幕幕地浮現，手腳也無法控制地想要抖動，害怕再次受傷，只想把身體蜷縮起來，好讓自己得到保護。

因此，既是演練「攤屍」，那便要從放下開始，學習接受各種形式的逝去及死亡，才能夠重獲新生。

大休息是坦然面對一切的練習，從信任地板開始，將身體交付天地，並在逐步放鬆及觀息的過程中，漸漸讓雜念止歇，回返靜定之境。

在大休息的引導中，常會讓呼吸成為一條繩子，無論思緒有多麼繁雜，都要緊抓著這條繩索，保持對出入息的覺知，藉此穩定心神。

記得曾有位領有殘障手冊的學生來上一堂舒緩的瑜伽課，在我們大休息時，她經過好一陣子的調整，身體才安舒下來。下課之後，她閃著淚光告訴我：「這是我這輩子第一次覺察到呼吸的存在，原來，我一點都不寂寞，因為呼吸一直陪伴著我！」

大休息是一段歸返自身的旅程，經由往內收攝的過程，擺脫對外在世界的依賴和黏著，獨自前往一處只有自己才能抵達的地方。在旅途中，或因昔日的苦痛而傷心流淚，或覺受到深刻的孤獨和迷惘，有時若有所悟、怡然自得，但只要按圖索驥，都不會在霧裡迷路，終究能通往一處靜謐光亮的所在。

要做好大休息，第一步便是要躺得跟「皇帝」一樣舒服。在瑜伽教室中有各種輔具，例如抱枕、瑜伽磚塊及毛毯，能夠幫助身體充分放鬆。而在孩子們的瑜伽課裡，「母親」就是小孩做大休息的最佳輔具。他們最愛趴在媽媽軟綿綿的身上，小小的身軀緊緊裹住媽咪，還不時或親或抱，像是無尾熊般可愛。孩子們在大休息中聆聽媽媽的心跳聲、嗅聞媽媽的氣味、貼近媽媽的皮膚，總讓他們能安靜好一陣子。

每當旁觀這緊緊相擁的一幕，總是讓我感動不已。大人練習攤屍式，或許也是希冀能卸下所有的武裝與重擔，在靜默中重新尋得這一份初始的單純與幸福吧！

當孩子們長大一些，大休息時會發給他們動物玩偶，讓小孩將玩具放在肚子上，用雙手的觸覺感受玩偶在腹部的起伏，即是呼吸的流動。「肚皮蹺蹺板」是小朋友很喜歡的練習之一，他們總會乖乖躺好，期待老師趕緊把小動物放到自己的肚子上。

許多大人認為孩童都該是無憂無慮的，但其實很多孩子因家庭、課業或健康等因素，從小就很難放鬆。當這些孩子做攤屍式的練習時，會像毛蟲般蠕動，或無法忍受安靜的氛圍而躁動不安。

就讀小二的小潔就是這樣的女孩，從小便患有免疫系統的疾病，全身常處於脫皮流血的狀態，在轉學之前，也常受到班上同學的排擠嘲笑。

她很喜歡跟我抱抱，特別是像小嬰兒一樣的橫抱，透過身體的接觸，讓她放鬆不少。而在大休息時，因長期的搔癢而無法安定躺臥，我嘗試觸碰的方法，引導小潔將身體的每一個部位都鬆弛下來，看著她終於能享受寧靜的時刻，總是很為她開心。

大休息並不是「睡覺」，需要全程保有清醒的覺知，但當我們放鬆的時候，卻又很容易睡著，要能醒著實在困難。

雖然「入睡」並非攤屍式的練習宗旨，但對於工作繁忙且睡眠品質不佳的現代人來說，卻未嘗不是件好事。

在瑜伽課上有群學生被歸類於「秒睡族」，他們的睡功讓人驚嘆萬分，每次幾乎都能在兩分鐘內鼾聲大作。據他們表示，躺在瑜伽教室硬邦邦的地板上出奇好睡，但臥於家中柔軟舒適的床上卻老是睡不著，真的很想建議教室推出跟旅館一樣的「休息三百元」住宿服務。

有一次大休息時，屋外傳來偌大的廣播聲：「修理紗窗、紗門、換玻璃。」當練習結束時，我問大家是否受到打攪，一位睡得很熟的學生回答：「對喔，剛剛好像有聽到賣刈包的聲音。」

大夥兒聽了哄堂大笑。原來這位學生太過饑餓，在睡夢中竟把修理門窗的聲音，錯聽成美味的刈包叫賣聲啦！

身為一位瑜伽老師，教學上最大的享受就是帶領大休息。每當熄燈之後，瞥見窗縫透進的微光，柔和地鋪在瑜伽墊上；凝望學生平靜的臉龐及深沉的鼻息，猶如熟睡的嬰孩般純淨而美好。時空暫時停格，遠離一切喧囂，不再跳躍流轉。此時，我總會滿懷感謝地闔上眼，感受這份難得的靜定，隨同大家一起歸返溫暖的心家。

輯二

完美小姐的瑜伽旅程

傷病瑜伽

感謝受傷的手腕，
提醒我不僅要治療肉身的痛，也要學習卸去恐慌，
放下想要控制與對抗的心。

瑜伽老師最常被學生問到的問題，總是跟傷病有關。無論是感冒過敏、意外傷害、陳年舊疾，以及肩頸痠痛、腰背痛、膝蓋痛、手腳痛、頭痛等等大痛小痛，在輾轉難眠、寢食難安之時，大家總是想問問老師該怎麼辦，才能安心。

而與學生如朋友般地暢談這些病痛時，他們也常同時聊起最近生活的種種壓力，以及諸多揮之不去的牽掛煩憂。肉身的苦楚，時常引起繁雜的情緒，而積累

多時卻無法排遣的鬱悶，又將帶給身體更多的痛苦。身心一體，緊密相連，浮沉於苦海輪迴之中，難以解脫。

數年前從中文研究所畢業後，因為練習瑜伽多年，非常喜愛，希望能朝瑜伽教學的方向前進。先是報名了瑜伽師資班，之後毅然決定來到台北，獨自開始新生活。

一頭栽進全新領域，卻苦於無人引導；雖有目標，但對於未來卻也做不出具體計畫。前途茫茫，再加上人生地不熟，適應陌生環境並非易事，心中的忐忑幾乎將我淹沒。

北上的第一夜，躺在租來的小套房裡，無法成眠。適逢溼冷的嚴冬，聆聽屋外雨聲滴答，無助的淚水婆娑。在黑暗中裹著厚被，依然感受不到絲毫溫暖，心也凍結成霜。

然而隔日一早，仍迎著朝陽，按捺著內心焦慮，邁開大步，前往早已揀選定的瑜伽教室，展開練習。

但在幾天之後，卻發現手腕因搬家過勞而疼痛不堪，趕緊前往附近診所醫治，但這傷卻異常難癒，痛楚足足跟隨我一年之久，日後也成為身體最脆弱之處。

在腕傷最嚴重時，就連曬衣服、削水果等生活瑣事都甚難自理。而來到瑜伽墊上時，也因許多動作都需以手腕做為支撐，曾經熟悉的練習變得困難無比，就連最基本的拜日式也無法完成。

我曾經跪在瑜伽墊上號啕大哭，深陷於日常生活與瑜伽練習的挫折與無力之中，摸索多時卻仍找不到出口。

身體好似不再是我的，沒法按照我思我想來行動。腕傷久治不癒，右腕稍好了，換成左腕疼痛；左腕好些了，又輪到右腕不適。反覆的痛楚，讓每次的練習都嘗盡了深刻的恐懼。

在最軟弱的時刻，兩百小時師資班的老師在課堂上教我許多替代姿勢，並佐以各式輔具。還記得當時，Megan 老師告訴惶惶不安的我：「妳要牢牢記得現在練習時的感受，以後才能好好教導學生。」

慢慢地，我接納了此刻的身心狀態，不再只是悲觀地抱怨身體的限制，以及擔心自己永遠好不起來，帶著傷做練習，漸漸成為有趣的探索與實驗，每天都有新的收穫。而在課堂中了解更多身體構造的知識，以及動作的細節之後，我開始思考並找出適合自己的練習方式，且在自我療癒的過程中獲得種種啟發。

某次大休息，放鬆下來感受呼吸的流動時，清明乍現，忽然明瞭手腕的痛，實是反映了內在的憂慮，因為害怕自己沒有能力「舉起」、「扛負」新生活，隱抑的懼怕於是具象地顯現在肉身之上。

想要躲回原本安逸的過去，卻已回不了頭，恰似希冀手腕能復原成昔日健康的模樣而不可得。不停緬懷曾經美好卻失落的一切，同時對未來抱持著深深畏懼，便難以得到當下的平靜。

經歷了數月的飄泊與混亂之後，終於回到此時此刻。

躺在地上，含淚感謝受傷的手腕，它提醒我不僅要治療肉身的痛，也要學習卸去恐慌，放下想要控制與對抗的心。要能與傷病和平共處，從而信任命運的每個安排自有道理，並在其中找到活下去的力量。

無論是身體或是心靈的病痛，都是最好的老師，引領我們在紛亂的塵世中沉澱片刻，靜心觀照自身，充分整頓後再重新啟程。

阿義是我的學生，平常規律上課的他，忽然消失了兩個禮拜。當他又回到課堂上時，手指裹著厚厚的繃帶。

原來，身為廚師的阿義，工作時因勞累恍神，不小心剁傷兩根手指，疼痛萬分，只好先休息一段時間。

「我今天是來放鬆睡覺的！」阿義無奈地笑著說，已有兩週不得好眠，昨天也是凌晨五點才入睡，沒能闔眼幾個小時，於是決定來教室伸展放鬆一下，或許晚上會比較好睡。

因為阿義完全無法做手撐地的動作，於是我調整部分的課程內容，並教他如何善巧地以替代的方式，跟隨大家同步完成練習。

大休息時，疲憊的阿義躺下才幾分鐘，便沉沉睡去了。下課後，他眼裡閃爍著欣喜的光芒：「沒想到整堂課的動作，我幾乎都可以做到，一點都不痛，好舒服啊！」

接著，我們一起討論了如何應對此刻的種種限制，全然接納它，並且拐個彎，讓練習處處充滿彈性。

離開教室前，阿義舉起包紮後翹起來的大拇指：「你們看，這像不像在比一個『讚』？我的手完全不能動，所以只能一直比『讚』了。」

現場的學生聽聞，紛紛大笑起來。

透過傷病讓我們學到的一切，真是一個超讚的祝福，不是嗎？

完美小姐的瑜伽旅程

永遠無法討好每一個人……
唯一需要的只有專注在教學的每個當下，
問心無愧地完成最好的分享。

瑜伽練習就像是一面鏡子，反映我們的所思所想，以及長期養成的習氣。舉例來說，生性急躁的人，時常會不由自主地加快速度，做出超乎自己能力的動作卻毫不自覺；而固執保守的人擁有高度的自我要求，能保持規律練習，但卻難以接受他人建議及改變既有的行為模式，也較不願探索未知領域。

所有的人格特質皆可能造成練習的阻礙。然而凡事皆有正反兩面，當我們能夠保持覺知，持續在練習中認識自己，並在反省後嘗試改變，那麼瑜伽便成為一帖量身打造的良藥，無論是急躁、固執、怠惰或恐懼，都能夠慢慢被改正，逐漸彰顯出特質中好的面向。當體位法有了進步，心性也同時被磨礪得更為醒覺而透澈，再無稜角，如此的瑜伽練習才是真正的修行。

我曾經在低潮時畏懼瑜伽，甚至逃避瑜伽。

當時經過數年的密集練習，也完成了瑜伽師資認證，剛開始踏入教學領域時，常深陷於自我懷疑的泥淖，並沮喪於身體的限制而無法完成諸多高難度動作。我強烈批判著自己，耽溺在追求完美的囹圄之中，不可自拔。

此時，我遇見廷宇老師。那時她教我的是瑜伽睡眠（Yoga Nidra）與靜坐，上課內容幾乎沒有體位法。

某次下課後，她突然說很想看我做拜日式。

我猶豫了起來：「不要啦，我會緊張。」「不要怕，又不是考試，輕鬆做就好了。」她鼓勵著我。

那時我很清晰地感受到，恐懼在練習裡慢慢浮現，並在串連的動作中漸漸擴大。我就像一個動作標準的機器人，竭盡心力達成每個細節，同時充滿擔憂，深怕做不到位。

幾個回合之後，廷宇要我再放鬆一點，隨著呼吸去感覺身體的流動，不調整、不停留、不思考。

完成後，我緊皺眉頭：「原來，我對拜日式有這麼深的恐懼，好怕做錯、做不好。」

「妳已經做得很好啦，比我做得還要標準。不過，我希望妳在練習中，跟著呼吸，找到放鬆、流動的感覺。」廷宇微笑道。

一週之後，我們開始練習「流動拜日式」。廷宇示範時解釋，練習過程中不需要停留，要做得柔滑而平順，讓移動成為圓融的曲線，避免太多的直線和銳角。因此動作不需做得太準確，身體愛怎麼擺動都無所謂，最重要的是保持穩定、不停頓的呼吸。

我試著讓身體鬆懈下來，但很快又想起那些「應該要」達成的標準動作，害怕做不好的憂慮感，隨即淹沒了我。

於是廷宇溫和地說：「現在正在批判妳的沒有別人，只有自己囉！這是一個很好的機會，妳要試著去面對、克服內心的恐懼。」

當時我領略到，琢磨細節是必要的，但實際練習時，就要把所學到的全都放下。若仍有太多的顧慮和思考，便會造成干擾，讓身體難以放鬆延展。毋須設定任何目標，只求回到當下，單純感受每個動作即可，如此才能尋得安穩的呼吸及平靜的心。

當天下課之後，我跟廷宇聊起近來教孩子們做瑜伽的情景，以及如何將體位法動作喚作不同的動、植物名稱。她聽完後提出建議：「妳可以回想一下教孩子們做拜日式的情景，然後再試試看。」

獨自在教室大休息一會兒，讓心靜下來。此時，小孩們在腦中登場了，他們純真燦爛地嘻笑著，對於什麼也不計較的孩子而言，在瑜伽課變成太陽、猴子、小狗、小蛇……無關完美技巧，純粹只是快樂的遊戲。

在教小朋友做拜日式時，我告訴他們：「讓雙手變成太陽，讓太陽慢慢升起。好，我們一起抬頭看著太陽。」

「老師，太陽好亮，我的眼睛睜不開了。」四歲的翔翔彷彿身歷其境。

「沒關係，翔翔把眼睛閉起來，我們馬上要變猴子囉！」我安慰他。

帶著發自內心的笑容，我重新開始做拜日式，學著跟孩子一樣地活動身體。在流暢的呼吸中，終於一點一滴地鬆去那些握得好緊的執著和規則，在拜日式中感受到前所未有的自由。而我知道，只要繼續練習，我將能體驗到更大的自由。

身體自由了，心也自由了。我輕快鬆軟地做著，一個接著一個。結束後，從裡到外都鬆脫了，如沐浴在陽光之中，渾身舒暢，心也充滿力量。

《瑜伽經》告訴我們：「勿用勁，心處於無盡，（式子因而完善）。」（**pra-yatna-shaithilya-ananta-sam-a-pattibhyam**）意思是愈放鬆、不費力地完成動作，不只是身體，就連心也愈能處於穩定、舒適的狀態，就能成就一個完美的姿勢。

「完美」的定義並非是能做到很複雜、高難度的動作，也不是比別人能前彎、後彎、扭轉得更深、更多，而是能秉持著對自己「非暴力」的原則，放下想要超越自己與他人的念頭，只是在當下平順、安定的呼吸，充分享受每一個動作帶給身心的舒暢愉悅，與自己和平共處，那便是獨一無二的完美動作。

不只是瑜伽練習，登台教學更是磨練心性的最好方式。

剛開始教課時，最大的恐懼便是「怕學生不喜歡我」，心也常隨著每週的上課人數起伏跌宕。在與學生建立默契的過程中，曾經遇到課才上到一半，捲起墊子便走掉的學生。我總是不慌不忙地繼續教學，看似氣定神閒，心卻已亂了起來。不過在下課後，總有學生上前提問，並表示他們很喜歡上我的課。

這些學員一次又一次地讓我明白，或許課堂途中有些人離開了，但台下還有二、三十個人等著我帶領他們持續練習，怎能就此動搖、洩氣？

師生之間確實需要相互溝通、磨合，有的人喜歡我，有些人難以欣賞我。老師永遠無法討好每一個人，也無從掌控他人的喜好。唯一需要的只有專注在教學的每個當下，問心無愧地完成最好的分享。

最初我也曾模仿教過我的師長，不僅是教法，還有口條，希望能成為一位「完美」的瑜伽老師。但那卻讓我倍感壓力，也教得綁手綁腳，因為我永遠不可能變成他們。

當學生來到我的面前，是因為喜歡我的課，而不是喜愛我的老師。因此在教學過程中，我終結了自我批判的狀態，逐漸認識自己的特質，最後接受並喜愛自己本來的面目。無關完美，只是覓得當下最合適的教學方式，在台上展現最自然的樣子。當師生間的連結更為緊密、融洽，我也能充分享受每堂課互動的樂趣，獲得從所未有的喜悅與自信。

當我從完美小姐的束縛中破繭而出，才真正得以開始教學。而今，我仍常提醒自己放下追求完美的心，如此的特質是雙面刃，在每一次的教學與練習中，我都得重新學習使用這把刀的方法，斬斷每一條期待與控制的繩索，不再總是掛心他人的眼光，讓心能更自由地微笑。

放下的修煉

瑜伽是減法的練習，
在汗流浹背的努力之後，
要將好的、壞的都放下，什麼也不帶走。

在開始及結束瑜伽課時，師生通常會一起唱頌「嗡」（OM），感受片刻的寧靜。瑜伽大師斯瓦米．韋達告訴我們，當家中的嬰孩哭鬧不休時，母親會先將孩子包裹在披巾裡頭，坐定後，用平靜且發自內心的聲音輕柔地唱頌OM，懷中的稚子便能慢慢安穩下來。

OM是由AUM三個半音節所組成，最後半個音節是靜默無聲的部分。

OM擁有諸多哲學上的意涵，包括A、U、M分別是醒、夢、眠三個精神狀態，而無聲是第四個狀態，也是超越此三種狀態進入Turiya（圖瑞亞），也就是接近Samādhi（三摩地）的狀態。另一個意義則是A代表著「創造」，U代表「保存、運行」，M代表「破壞、毀滅」，而最後的無聲代表的則是「絕對的寂靜」。

每當我帶領學生唱誦三聲OM之後，躁動喧譁的氛圍總是瞬間瓦解，取而代之的是無聲的平和之境。在此同時，我也常思憶著OM的意涵——在創造、運行、毀滅和回歸靜寂的循環過程中，能夠放下，當是最重要的功課了。

在瑜伽體位法當中，跟「放下」最有連結的練習，大概就是攤屍式了。當我躺在昏暗的教室裡，感受地板穩固的支撐，以及呼吸在鼻腔的觸動時，最喜歡聽見老師的引導：「吐氣的時候，我們正經歷一次小小的死亡，釋放、放下；吸氣時，重獲新生，得到滋養、活化。」

此時，我總是對生命滿懷感謝與感動：每次的呼吸皆是一個生命的轉折，每個當下也都是重生的契機。只要我們願意，隨處都可以放下，也隨時都得以重新開始。

老師也常在課程結束前說：「最後，將我們的練習，獻給老師、家人、朋友，以及所有的眾生。不是我的，不是我的。」

「不是我的，不是我的。」是一句讓我如釋重負的咒語，每日晚間靜坐前，我總在心裡喃喃念著，對著讓我放不下的人事物念著，對著悲傷與喜悅的感覺念著，對著呼吸和身體念著，對著紛雜的想法及思緒念著。

秉持著如此的心意來練習瑜伽，也十分重要，因為我們可能在練習順遂時志得意滿，但若達不到預期的表現便患得患失，不知不覺加深內在的執著與負擔。如能常提醒自己「這一切都不是我的」，在練習中不生期待與煩惱，放下過程中的起起伏伏，便能獲得愉悅自在。

瑜伽是減法的練習，在汗流浹背的努力之後，要將好的、壞的都放下，什麼也不帶走。要能做了，也彷彿未曾做過；忙了，也猶如從未忙過，還真是件難事，但這便是瑜伽的練習。

帶領兒童瑜伽時，我也常教孩子用雙手擺成小花的形狀，將今天上課所感受到的快樂和幸福，全都放進小花裡頭。最後把小花置於額前，將美麗的花朵送給家人、朋友，以及需要這份祝福的人們，將「不是我的，不是我的」的概念，用孩子能理解的方式來傳達。

然而孩子們對於放下並非全然無知，有時甚至比大人看得更為透澈。

在一個陰雨綿綿的午後，五歲的小妤一到教室便告訴我，心愛的小鳥過世了。「那妳一定很難過。」我摸摸她的頭，加上一個長長的擁抱。

一旁的小妤媽媽說，當小鳥死去時，全家都沉浸在悲傷之中。此時小妤蹲下來，用雙手捧起鳥兒說：「牠的身體死了，可是靈魂還在，你們不要再傷心了。」她很溫柔地凝視小鳥一會兒，才輕輕放下牠，指著外頭的大樹道：「你們看，牠還在樹上飛來飛去，就跟以前一樣，跟陽光和風一起玩耍，好開心的樣子呢！」

小妤充滿智慧的話語安慰了全家人，讓大家逐漸放下對於這位家庭成員逝去的悲愴，在不捨中留下滿滿的愛與思念。

因著對什麼事都放不下，我們內心皆豢養大量名為「記憶」的怪獸。風平浪靜時，可能完全忽略牠的存在，但若無意間誤觸開關，兇猛的野獸便可能破籠而出，一發不可收拾。

前幾年前往山上閉關靜默時，我便領教了怪獸的威力。

靜默跟靜坐一般，剛開始可能有焦躁不安、百無聊賴之感，或者感受到心緒的波濤洶湧，但這一切都會隨著時間而逝。透過練習的淨化，最後便能品嘗靜默所帶來的甜蜜滋味。

某日當我躺臥在床，正要入睡，突然想起幾年前的一件傷心事，如同電影般鉅細靡遺地在眼前重新上演。當我在清醒時，或許只能窺見其中的某些畫面或片段，且一下子便跳開了，但在那時，一切活靈活現，身歷其境，甚至能聽見對話的細節及看見鮮明的畫面，清晰感受當時所有的情緒。

在很短的時間內，數月間所發生的事，悉數重現。我全身顫抖、幾欲窒息，躺在床上不停流淚，想要尖叫出聲，像是壓力鍋般要爆裂開來。

孤身面對一隻龐大的怪獸，完全無法制伏它。心臟撲通狂跳，猛烈又濃稠的情緒浪潮陣陣襲來，隨著腦海的畫面不斷湧上心頭。然而在傷痛中，我心依然瞭知，唯有真正準備好，才能重新看見、審視曾經發生的一切。這些記憶非常珍貴，當它終於願意現身時，便能幫助我重獲平寧及自由。

深陷在泥淖中動彈不得，於是我試著跟這段記憶對話：「謝謝你，願意向我傾訴一切苦痛，我知道你是如此重要，請你不要離開我，在旁邊靜候著，讓我先好好休息，明天再與你好好相處、說話，好嗎？」

醒時已是翌晨，找到廷宇老師之後，滔滔不絕地述說著當時的情景，淚如泉湧，完全失去現實感。直到她輕輕捧著我的臉說：「看著我、看著我……」起初我不斷抗拒，後來才非常害怕地望向她的眼睛。

過了許久，慢慢回到當下，意識到這兒很安全，一切都過去了。即使過程如此艱辛、痛苦，但如今都已結束了。

在那一瞬之間，我忽然醒了過來。對於數不盡的遺憾，依然感到羞愧與自責，覺得還可以再努力一點，還能再多做一些。依舊停留在驚嚇和悲愴當中的我，遲遲未能脫身，但其實一切都已經結束了。什麼也不必再做，到此都已圓滿了。

我緊緊抱住廷宇，讓深刻的溫暖與愛流進心坎。踏遍多少的荊棘，行了多遠的路，才能來到這個當下，一切多麼值得珍惜。

在千劫萬劫之中，其實毋須使力，生命自能體現圓滿。即使歷經無數的粉碎，仍能返回最初也是最終的完美無缺、純淨無瑕；甚或是在頃刻之間，回歸深刻的靜寂。一切的真正目的，只是讓我們從中學習、獲得成長。

當一切圓滿了，放下是圓滿了，不放下也是圓滿了。

午後，雨停了，獨自在山徑步行。找了一處高台靜坐，貼近天地父母，徜徉在風吹鳥鳴的陪伴之中，覺受這份遲來的圓滿。

坐了一會兒，睜開眼，氣象瞬變，原本翠綠的山巒已布滿茫霧。在山嵐裡再度闔眼，心霧漸散，頓現清明。霧裡來霧裡去，或許只需享受這霧，當霧起時，讓生命恣肆流淌；霧散時，領受生命之母所賜予的最純粹的美好。

靜默的滋味

若有心沉入靜默的意念中，
生活中便充滿靜默的時機……
透過有意識的行動回歸靜默的狀態。

生活在便捷的現代世界裡，你曾嘗試過放下手機、電腦、電視、音響等所有的電子產品，享受幾個小時，乃至於數天、數週的寧靜嗎？或者試著暫時不說話，在語言沉寂之後，品嘗靜默的甘美滋味嗎？

我們總是喋喋不休地表達內心的想法，話語中揉合著躁亂的情緒。但當我們藉由靜默的練習，放下說話的念頭，甚至連想說話的欲望都沒有時，便能逐漸步往瑜伽八部功法當中的「感官收攝」（Pratyahara），重拾晶瑩透徹的心靈，鈍去情緒的鋒芒與浪濤，在「內視」的過程中感受內在的平靜所帶來的富足感。

瑜伽大師斯瓦米．韋達曾說過：「每一次吸氣與吐氣之間的那一剎那，都是靜默的一刻，人們要懂得在吵雜的一天當中去體會那刻靜默。」這是非常不容易的一件事，因為即使在無聲的空間獨處，內心卻仍常充滿各種念頭和想法，很難真正要靜下來。但若有心沉入這份靜默的意念中，生活中便充滿靜默的時機，譬如在捷運、公車上關掉手機，閉目凝神感受呼吸，或在走路時保持專注，只留意當下的每一個腳步，抑或用餐時沉浸在每一口的咀嚼之中，皆能透過有意識的行動回歸靜默的狀態。

而除了在生活中憶持[1]這份靜默，每年我還會安排一段時間到山中或印度學院守靜。摒除網路和手機，也不看書、寫字，逐日按表規律地進行靜坐、體位法、持咒、放鬆練習、沉思步行等練習，並隨時觀照呼吸、持咒，收攝心念。

---

1 憶持
指記憶受持而不忘失。

當拋下凡塵俗務來到山上之後，倦怠感在第一天即如潮水般襲來，通常都以昏睡做為序幕。

剛開始總想把握難得的機會用功，而不願「浪費時間」在睡眠上，但不斷掙扎的結果，只是讓情緒更為緊繃。直到後來才學會有耐心地覺受這份疲倦，溫柔地照顧自己。睡飽解除疲勞之後，身心放鬆不少，禪坐時也能達到比平時還要更有覺照的定境之中。

最愛深山裡的深邃沉靜，仰望藍天白雲，蟲聲唧唧交響不絕，夜裡還能享受遼闊的星空。常常不經意地望向窗外，山莊已被濃霧所包圍，與世隔絕。在靜謐的霧裡靜坐，闔上雙眸，乘著呼吸與梵咒，穿越內在層層白霧，渡行於無邊的意識之海。光裡有霧，霧裡有光，願能從此岸抵達彼岸。

某次上山適逢連日大雨，每當雜念紛飛，大自然的音聲便很快地將心帶回當下。不絕於耳的清脆聲響，形成一張大傘，穩穩罩住周身，也滌淨了心緒。

但卻也因雨少出戶外，老是待在室內。幸而每日早晚皆有兩次的哈達瑜伽

（Hatha Yoga）。老師說，靜默時多走動是很重要的，能消除內在的煩躁與念頭，但若因天雨無法外出，可多做循環不斷的流動拜日式，也具有同樣的效果。

老師詳細示範了拜日式的做法，並帶領大家練習。他不斷提醒我們，不要太過深入動作而犧牲了放鬆、連貫的體驗，同時要保持對身體的觀察，讓呼吸自由流動。

正做得酣暢之際，老師要我們慢慢結束拜日式。他說，我們現在做的拜日式，只是結構上的練習，尚未被注入真實的生命。拜日式不是一個拜日的動作，也不是拜日的運動。在拜日式中，每一個姿勢都是祈禱，每一個動作都要將自己全然奉獻出來，猶如將蓮花供在佛前，充滿全然的愛、臣服與感恩。如果帶著崇敬的態度進行拜日式，觀想內在的太陽能量，即會發現做起來毫不費力，且不會感覺累。要讓拜日式成為一個愉悅的過程，便能有迥然不同的體驗。

我每天都練習拜日式，也教導學生做拜日式，知曉拜日式的動作細節和解剖理論，但卻從未如此深入地做過拜日式。

當我重新站在「山式」[2]，在這深山的小屋中，敞開心胸感受天地的美麗、溫柔與愛，時時刻刻且從未疏忽地滋養眷顧每一個生命。帶著真誠的謝意與微笑，闔上眼，將雙手合十回到胸前，開始進行一場感恩的禱告。在每一次的前彎中敬申謝忱，當額頭平貼在地時，感知大地全然的愛與接納。慢慢地，我感覺自己進入了禪坐的狀態，世界靜得彷彿只剩下呼吸，其餘悉數消融。當結束練習，回到山式時，我幾乎要流下淚來。

原來，這才是拜日式。

另一次印象深刻的守靜經驗，是在印度北部喜馬拉雅山腳上的小鎮瑞詩凱詩。當時住在瑜伽學院裡，每天都花很多時間靜坐跟散步，常常練習累了，便登上後門的階梯，視野瞬間變得遼闊無比，恆河近在眼前，依傍著蒼穹山巒，美得令人屏息。

---

2 山式（Tadasana）
是所有站姿體位法的基礎。在立姿中雙腳併攏站穩，挺直背脊，頭頸肩呈一直線，手掌置於大腿兩側，保持呼吸穩定。

恆河是我守靜時的摯友，每日獨自在河岸步行，有時則坐在河邊，望著波光粼粼的湖水發呆，徜徉在溫暖的陽光之中。

某日心情煩悶，行經一段礫石灘想要戲水，地形有些陡峭，正當我試著緩步下爬時，一位膚色黝黑的阿伯正好經過，身後還跟著兩個孩子。他放下肩上背負的薪柴，示意要扶我下去。

阿伯的身體硬朗、步履矯健，他緊抓住我的手臂，讓我安心不少，一點也不怕跌倒，於是很快就來到河畔了。

我尚在守靜，而他似乎也不諳英文，因此我們並無交談，只是給予彼此最真誠的笑顏，超越語言隔閡，毫無阻礙地以心互動。

脫下鞋襪，坐於大石之上，雙足浸潤在清涼的恆河水中，瞇著眼，向陽凝望清澈的水流，閉眼聆聽潺潺水聲，滌淨的思緒瞬時寧靜而寬廣。

阿伯似是怕我沒膽子爬上岸，於是一家老小便坐在河邊陪我。為了報答阿伯，於是我教他台灣女孩「裝可愛」的技巧。頗有天分的阿伯立刻學會了，他望著鏡頭，將雙掌貼在臉頰上歪著頭傻笑，還配合我拍了好多搞笑的照片。

阿伯在岸邊石上設有一個小祭壇，上頭擺著一尊神像。在禮拜之後，把供神的椰子在大石上敲碎，再分給大家吃。

嚼著滿口清甜，又對他咧嘴一笑。沒有言語，阿伯就只是靜靜在河邊守候著我。上岸之後，我們微笑握手，再給予彼此一個最大的擁抱，這才帶著滿心歡喜，依依不捨地離去。

享受的藝術

慢活與停頓為心靈覓得更多空間，
得以重新深呼吸，
喚醒沉睡已久的感受力與創造力……

在日常生活中，你是否完成一件事，便緊接著下一件事，或者同時做好幾件事，讓自己忙得焦頭爛額？在講求效率的原則下，漸漸變成一個失去覺知的機器人，只是機械化地做完這個，再辦那個。在彷彿沒有盡頭的過程中，已然無感，或總是充滿焦慮、挫折、不耐煩等負面情緒。待事情完成時，也無從感知快樂與成就感，只是揉著厚重的眼皮，嘆口氣，默默告訴自己：「啊，終於可以休息了！」

我也常深陷繁忙緊湊的行程中，每天趕著車，教完一堂課，又趕著前往另一間教室，無論何時都得精確掌握時間，並準時抵達每一個地方。

因此，當我尋得幾分鐘乃至於幾小時的空檔，會試著慢下來，放鬆緊繃的大腦與身體，感受當下的心念與呼吸，讓活躍騷動的「猴子心」（Monkey Mind）稍加平息。無論是練習靜坐、調息法、體位法，或者閱讀一本書、寫點文章，又或安排一段時間靜修，都能讓我從慣性中抽離，成為一個清明的旁觀者。宛如奮力掙扎後終於脫離蜘蛛網的彩蝶，再次飛向天際，覓得那顆能夠享受生活的喜悅之心。

慢活與停頓為心靈覓得更多空間，得以重新深呼吸，喚醒沉睡已久的感受力與創造力。然而旁觀許多人的瑜伽練習，卻仍在拚命趕時間、趕進度，鞭策自己必須達到某種練習的頻率、積極想練會某些動作，猶如上班一般，非得達成績效不可。

有時我們會不知不覺地將生活及工作上的慣性帶到瑜伽墊上，這份急迫之心若是毫無限制地發展下去，將會造成內心的莫大壓力。當瓶頸久久未能突破，便陷落沮喪之中，逐漸在自我批評的聲音裡，失去練習的動力。

但若是我們希望透過練習，讓身心獲得休息與療癒，那麼便得擁有一份放鬆的意圖，透過此一意念，放掉一切欲求，學著放慢腳步，無論是在準備進入一個動作前、微調和停留在動作中時，或者離開姿勢之後，都要給予自己觀察、感受呼吸的機會，以及無限的彈性。如此才能從忙亂的節奏中脫身，享受瑜伽帶給身心的轉化。

在瑜伽練習中，我們不斷學習放下控制之心，成為旁觀者，專心享受每一個天賜的體驗。

在某次靜默營中，來自印度的指導老師斯瓦米·拉妲（Swami Ma Radha）跟我們分享「慣性」是如何影響人的行為及情緒：「我曾有一個習慣，就是當我坐在電腦桌或會議桌前，常會想彎下腰去抓自己的腳。我知道自己有這個習慣，但卻從未深究。後來，我終於發覺這個習慣，不斷自問為何會有這個動作，同時也觀察每當我想抓癢的時候，心中浮升的念頭。後來我發現，每當我有不舒服的想法或感覺時，就會要抓腳。而當我重拾這份覺知，我就再也不去抓腳了。」

接著，她問我們是否曾在桌前工作，卻突然起身去倒茶、餵貓或澆花？你想過自己為何會想做點別的事嗎？或許是有些令人不適的念頭出現所致。若你開始自我觀察，就能發現諸多類似的習慣；而當你能察覺這些習性，就可獲得改變的契機，有力量去選擇如何回應，不再做自動化反應及情緒的奴隸，這才是真正的自由。

聆聽老師的分享後，我決定在靜默期間進行此一練習。由於住宿的地方所供應的蔬食料理實在太美味了，讓我無法克制地狼吞虎嚥，第一天晚上不但因過飽而睡不好，還導致腸胃不適，於是決定開始觀察自己的用餐習慣。

我發現，當我充滿欲望且心神散亂、完全被眼前的食物所吸引時，就很難體察內在的狀態。菜餚非常可口，但當想要得更多，這份貪著會使我吃得愈來愈快，失去跟食物之間的連結，無從感知已然飽足。接著，受到未消化食物的干擾，不但飯後陷於昏沉，靜坐也無法專心，腸胃過於鼓脹的滋味更是難受。如此的進食方式並不是享受，對身體也造成莫大負擔。

我試著做出改變，提早來到餐廳，靜心片刻，讓心情平穩下來。當香氣四溢的菜餚一盤盤端上桌時，雖感饑腸轆轆，卻不急著馬上夾菜，而是停頓片刻，欣賞每盤菜獨特的色澤、氣味和擺盤，然後每道菜先夾一口，細嚼慢嚥，感受食材的鮮甜，滿足之餘，不禁由衷感謝廚師的用心烹調。

平時吃飯時經常分心，老是在上網、看電視，或者跟朋友交談。然而進行靜默練習時，大夥兒雖在圓桌一起吃飯，卻是各自保持安靜，就連眼神也避免接觸。全然心無旁騖，因而強化了心與食物之間的聯繫。

如此專注的進食方式，讓我非常享受，同時也容易接收到身體已經「飽足」的訊號。因為所吃的每一口飯菜皆讓我打從心底感到喜悅，同時餵飽了身與心，是故能很輕易地放下筷子，毫無掙扎，知曉自己不需要吃得更多，並帶著愉快的心情與舒坦的胃離開飯桌。

從用餐的覺察出發，我也在靜默中觀察到自己更多的慣性，並有意識地決定該如何回應每個狀況。

某天早晨起床時，發現自己睡過頭了，已然錯過體位法課程。以往若無法按照計畫行事，會感到沮喪，但此時腦中卻跳出一句話：「我該如何享受這個狀況？」緊接著，我瞄到桌上的香蕉，那是上山時好友姵君送我的。想起她燦爛的笑容與美善的心意，我微笑了起來，坐在床沿吃完香蕉。接著在梳洗後，自行完成簡短的伸展，再帶著愉悅的心情回到教室，享受了一場美好的靜坐。

早上十點半的課程，老師帶領大家做瑜伽睡眠的預備練習。躺下闔眼後，需要全程保持清醒，跟隨指令將專注力放在身體的各個部位，以達深層放鬆的效果。但我卻很快地陷入昏睡，待醒轉時，課程已經結束了。平時我可能為了沒法持續專注而深感懊喪，然而又想起這句話：「我該如何享受這個狀況？」此時，驀然感受到經過這場沉睡，不但能量充沛，全身肌肉也都鬆開了。我差一點就因執著於不能睡著，而忽略如此美妙的感覺了！於是再度盤腿靜坐，覺察到呼吸變得深沉穩定，意識也毫不費力地持續集中，身心猶如挺立的木樁，穩固不移。

到了傍晚，興許是身體有些疲勞，才坐了十分鐘，就背痛得厲害。掙扎許久，仍是徒勞無功。平時我可能會放棄靜坐，但當我嘗試不再挪動身體時，卻忽然明瞭自己仍能平靜地跟痛楚坐在一起。帶著愛與慈悲之心，我專注體會這份疼痛，接受它帶來的所有不適。果然，一段時間後就沒那麼痛了。跨過這道障礙後，跟隨呼吸，繼續享受安定的靜坐。

瑜伽大師斯瓦米．韋達曾說：「你要去回溯所做的每一件事，以及每一個念頭，如此才能更了解自己的心。」在靜默的練習中，我體驗到如何透過縝密的自我觀察，持續檢視讓我們受苦的思考及行為模式，並試著找到情緒的源頭。此時，便能選擇讓每個經驗都成為享受，真正成為心的主人。

返回家園

生命中總有無數的家，
翻山越嶺、長途跋涉⋯⋯最終找到心內的家，
不再流浪，也無處不是家。

教導孩子練習瑜伽時，每當來到大休息，他們總愛將小小的身體裹進綠色的瑜伽墊裡，像極了一塊扭來扭去的海苔壽司；或者在暗室微光中鑽進媽媽溫暖的懷抱，彷若重回子宮般舒適安定。有時，則在下課後蜷入用瑜伽墊及靜坐墊蓋成的「鳥巢」，在自築的小屋內享受無人打擾的時光。

這讓我想起兒時的妹妹與我，經常鑽進媽媽的書房，用幾張棉毯圍住桌子周

圍，然後躲在底下的昏暗空間玩耍。這個地方被我們稱為「老家」，藏匿在裡頭總有無比的安全感。

長大之後，每個人也都有屬於自己的祕密基地，那會是最喜愛的咖啡館或餐廳，或者書店、電影院、網咖，也可能是遼闊無際的海邊，以及山中的秀麗小徑。當生活中遇到挫折或壓力，總會想要躲進去充電一下，再重新出發。

我們總是希冀擁有自己的空間，無論是身體和心靈，皆能在不受打攪的時刻充分沉澱，卸下一切的武裝，猶如回家一般自在。

我自小在彰化成長，大學在花蓮念書，研究所居於新竹，之後來到台北工作。長期的離家生活，「回家」一直都是心中時常構畫的期盼。

尤其是在教親子瑜伽時，帶領許多家庭一起練習，我既是局內人，抑是局外人，當送走他們之後，依舊還是一個人。或者前往家教的私宅授課時，見到一家老小溫馨團聚的情景，總令我十分羨慕。

有時告訴從小到大都住在家裡的台北人：「我要安排一下回家的行程。」此話一出，都讓他們感到難以置信：「什麼？回家就回家，還要特別安排？」然而這確是實情，尤其是接了較多工作的月份，或是為了完成寫作計畫，每週只有一天或半天休息的時候，要回家必得請假，不能頻繁為之。

終於要返家的某個夜晚，搭上高鐵，再轉乘開往彰化的台鐵區間車。坐在火車上，感受與台北捷運迥異的座椅、車速、燈光、聲音、氣味，同時望見穿著母校制服的高中生，以及車窗外的鄉間田野，這才讓我鬆了一口氣。徜徉於熟悉的家鄉味，握緊拳頭，在心底興奮地吶喊：「是的，我回家了！」

「回家」對於飄泊異鄉的遊子來說，絕對是珍貴且難得的。即使什麼都不做，在家裡晃來晃去，也是快樂無比。而要返回台北時，拖著那比來時還要沉重的行李，塞滿各種食物及生活用品，手上拎著媽媽親手做的便當，懷抱感傷的心情前往車站，期待幾個月後能再度歸來。

這些年透過瑜伽練習，也慢慢體會到「家」的更多意涵。課堂中的老師告訴我們：「你的呼吸是一位母親，而未經訓練的心即是頑皮的孩子。在靜坐的時候，孩子常會掙脫母親的牽繫，跑到別處玩耍。不過充滿耐性的母親，總會不厭其煩地把孩子帶回呼吸上頭，一同返回內在的家。」

回家，一直都是人們心中最深的渴盼，然而「家」不一定是狹義的家，那個住著家人且擺設許多家具的家，它也是能使我們感受到愛與平靜，獲得滋養與歇息，並能坦然無懼地展現真實自我的所在。

瑜伽大師斯瓦米．韋達多年來在世界各地巡迴講課，每個國家的人們都熱情接待他，因此他永遠有見不完的人、去不完的地方、教不完的學生，讓他無法如願躲到喜馬拉雅山的山洞裡。

他的上師斯瓦米．拉瑪告訴他：「你只剩下一個洞穴可以躲，那就是你的身體。」因此，韋達大師經常躲進自己的洞穴中靜坐。他說道：「在世間生活，旅途奔波，對從事心靈修行的人而言，都不是障礙。」

每次進入尚無學員的瑜伽教室，瞥見那一張張排列整齊的墊子，都會讓我想起大師的這段話。每張墊子都是一個靜謐的洞穴，雖然可能有諸多同學一起練習，並非只有自己一人，但透過體位法、調息法及靜坐練習，讓身心逐漸安靜下來，便能深入無人之境，再也不被任何情緒和念頭打擾。最後順利開啟內在的家門，安處其間，獲取片刻的休息。

即使不可避免地，還是得返回喧囂的紅塵俗世，扛負無數的職責。然而回歸寧靜的每一個當下，都是回家，回到能予以我們溫暖與踏實感的家。

每當負面情緒來襲，我常藉由瑜伽練習創造一個寂靜的洞穴，當呼吸與心念高度集中的時刻，一切散亂與奔馳的幻影瞬間靜止，清明頓現，得以重新檢視混雜的思緒。在大夢初醒時，常有終於回家之感，原來心已在外遊蕩數週、數月，甚至數年之久，被困於執念當中無可自拔，一直回不了家。

或許生命即是一次又一次的離家與返家所構成的。離家久了，終究是會疲憊的，老是想要回去。但充滿野性和亟於探索的心，依舊無法長期安於家的舒坦，總想不斷遠行。然而到了最後，還是得要回家的。

幾年前第一次上山守靜時，總是找不到家的我，回家了。

頭兩天入夜後，有許多情緒浮現。或也是容易認床的關係，一直睡得不安穩，多夢易醒。晚間獨自漫步時，腦中常像跑馬燈般，播放著記憶的殘影。我總是一邊走路、行動，一邊持咒穩定心緒，並不斷告訴自己，放下、放下。

那是一個剛下過雨的夜晚，山區的氣溫很低，庭院一片漆黑。我披著厚外套，在室外獨坐許久。眼前層疊的山巒覆滿濃霧，螢火蟲在草叢中穿梭飛舞，猶如滿天星斗落入凡間，很是壯觀。即使在如此黑暗的地方，無從照見陽光，卻依然擁有如此動人的景色。

我沉思著，生命又何嘗不是如此呢？總有路，總有光。

不久之後，感到寒氣逼人，於是想進屋拿圍巾。走了幾步路，遠遠地便望見廷宇推開大門走出來，佇立在門前鵝黃色的燈光下。

緩步走近，她朝我綻開燦爛的笑容，我也報以微笑。然後她展開雙臂，我們開心擁抱。

那次深長的擁抱具有十足的力量。我輕輕闔上眼，靜下心來，在彼此和諧一致的呼吸節奏當中，慢慢將心與身體一圈又一圈地鬆開了。

入內取了傘和圍巾，又回到方才那張椅子上，凝望遠山，直掉眼淚。好安心、好放心。無論天再黑、夜再深，也一直會有深愛的人們候在家門口，等我回家。而迷路再久，也總是會找到路、找到家。

生命中總有無數的家，翻山越嶺、長途跋涉，只為抵達一處能夠安頓身心的所在，然後再出發、再回家，反覆不斷，最終找到心內的家，不再流浪，也無處不是家。

再見，恐懼

唯有面對恐懼，才能真正返回當下，
意識到想像之中的危險並不存在，
然後一躍而過……

剛開始學習倒立時，很怕停留在顛倒的姿勢當中，更懼於摔跌下來，尤其兒時曾在體育課做前滾翻時傷了頸椎，彼時的痛楚仍記憶猶新，令我膽怯不已。

此時剛好重溫了一部電影《深夜加油站遇見蘇格拉底》（*Peaceful Warrior*），影片中的蘇格拉底（Socrates）指著盛氣凌人、趾高氣揚的奧運體操選手丹（Dan Millman）說：「如何把不需要的垃圾丟掉，這是訓練的第一課。」他所說的「垃圾」指的便是剪不斷、理還亂的念頭。

隔天，他們在校園中的莓溪橋見面，蘇格拉底為了幫助即將參加甄選的丹消除雜念，一把將他推下了橋。成為落湯雞的丹狼狽萬分地爬上岸，氣極敗壞地找對方理論。蘇格拉底問他：「當你掉下去的時候，告訴我，你在想什麼？有想到學校嗎？逛街購物？校園的草地？在那時，你有了全神貫注的經驗，這必須用一輩子去練習。」

最後他留下一段話給陷入沉思的丹：「拋開雜念，他們會讓你無法專注在關鍵的事物。」「此時此刻，就在這裡，就在當下。當你能夠放下雜念，你會對自己的能力大吃一驚。」

後來，每當遭遇令人害怕的情境，我都會想起丹落水的那一幕，提醒自己必須試圖直視、辨認因想像而生的幻影，並非真實存在；接著尋回安穩的呼吸，讓起伏不定的情緒逐漸平息下來。最終猶如平穩停留在頭立式[3]之際，外在世界的繽紛與喧囂，彷彿被抽

---

3 頭立式(Salamba Sirsasana)是一個以頭倒立的體位法，雙手十指交扣呈杯狀，頭頂地並緊貼掌心，接著將雙膝抬起，腳趾慢慢前踩接近頭部，最後雙腳離地向上舉高，讓身體與地面垂直，停留一段時間。

乾到只剩下呼吸，如同返回子宮般地安全寧靜。

身為一位瑜伽老師、每天都要教授不同程度、身分背景、年齡、喜好的學生，很容易因台下學員的反應、課堂人數的多寡或喜或悲，抑或是隨著課程的異動、減少，心緒震盪。面對此番層出不窮的無常，絕對是瑜伽老師的重要修行。

我曾在某教室承接了一個從未開過課的時段，經常到了上課時間還無學員到來。最初我總是枯坐台前，望著手錶心慌意亂，但後來覺得無濟於事，索性提早進入教室，一邊自我練習，一邊等候學生入內。當我逐漸放下「沒有學生要來上課」的懼怕之後，學員便愈來愈多。

慢慢與學生相熟後，我又開始浮現新的恐懼，害怕他們不喜歡我的教學內容。這是一堂結束時已近晚上十點的課，在接近睡眠的時間練習瑜伽，需要的應是能幫助放鬆的溫和伸展，佐以安定心神的呼吸及靜坐，並不適合節奏快速的動作編排、深度的後彎或肌力訓練。

然而面對這群學員的要求與期待，我還是捨棄了原則。即使他們告訴我，課後感到精神大振，到了半夜兩點還睡不著，我也同樣亢奮得無法成眠，完全悖離了生理需求，我卻還是為了討好他們而妥協了。

後來去了一趟印度，沉澱一個月之後，決定放下留不住學員的恐懼，勇敢做出改變。試圖跟他們溝通，並回歸真正有益學員身心狀態的課程內容。

當我終於找回自己的堅持，忠於老師的角色，不再全然迎合學員時，他們卻漸漸不來上課了。此時，另一群學員出現了，他們呼朋引伴地前來，沉浸在輕柔伸展的愜意及放鬆之中，也表示如此的練習讓他們睡得更好，逐漸成為課堂的鐵粉，人潮甚至比前一批還要多。

前往每處教學，都有不同的課題。這些學員用一年的時間，幫我上了最重要的一課。身為課堂的掌舵者，需要敞開心胸聆聽學員的聲音，但也必須明辨細思，運用智慧和信心做出專業的決斷，必要時需堅定不移，才能帶領全員航向正確的方向。

又過了一年半之後，因課程的時間太晚，離家也太遠，讓我疲憊不已。掙扎許久，再次克服離別的恐懼，提出辭呈。

要鼓起勇氣跟每週都見面的學員話別，對我來說比什麼都難。最後一堂課要結束時，這群已跟我成為摯友的學員們，端出蛋糕來歡送我，這場「畢業典禮」讓我感動得淚灑台上，哽咽地說不出「下課」兩字。依依不捨道別後，他們也前往其他教室探望我。久別重逢時，憶起這段歷程，感觸甚深。

台上的老師需要迎對恐懼，台下的學員當然也不例外。每當遇到身體有傷病的學員時，總會想起幾年前剛來到台北，因搬家而傷了手腕、近一年才痊癒的往事。

不過，當時的練習卻始終沒有中斷，以傷為師，積極探索適合的方式來療癒身心，也是我成為瑜伽老師的第一課。

剛開始完全無法運用雙手撐地，謹遵醫囑並佐以適度伸展，終於等到傷處不再疼痛，在課堂中準備做「平板式[4]」時，卻驀然想起初次發現手腕受傷，也是因為做出這個姿勢。於是，鮮活生動的小劇場開始在腦中恣肆播放，我跪在地上，咬牙皺眉、百般猶豫，不

4 平板式（Phalakasana）雙手垂直肩膀撐地，膝蓋離地，啟動背部、臀部及腿部的肌肉，最終讓頭部至腳跟的區域呈一直線。

知是否該試它一回，同時也望向前方的James老師。

老師面露微笑地看著我，用輕鬆的口吻鼓勵我：「沒這麼可怕啦！」

「是啊，真的沒那麼可怕，我究竟在怕什麼呢？不行又何妨，只是試試看而已，有什麼好怕的？」擺平了嚙心的怪獸，將雙手擺好，膝蓋往上一頂，才發覺手腕真的完全不痛了。

那一瞬間讓我明瞭，原來最難克服的，並不是身體的傷，而是內在揮之不去的恐懼。

於是日後遇到帶傷的學員，除了謹慎保護他們的安全，我也常告訴他們：「你的傷便是你最好的老師。」有因車禍傷了手腕的學員發現，無法過度使用手腕來支撐，需要善加運用其他肌肉的力量，意外打破身體的慣性，讓平常疏於啟動的大腿和腹部得到諸多鍛鍊，同時也更能感受到身體其他部位的伸展，對於體位法有了深一層的體會。

課堂中也有肩膀不適的學員，初時總是恐懼練習會加深疼痛，時常憂愁萬分地問我：「我該繼續練習嗎？」然而她以審慎且勇於嘗試的態度來面對身體的不適，找出可能的原因及紓緩的方式，並做出改變之後，疼痛漸漸獲得改善。

某次下課，她很感慨地說：「幸好我沒有放棄，才能跨越門檻。現在的練習比受傷前更有覺知，也更能掌握細節，這個傷真的讓我獲益良多。」

瑜伽大師艾揚格門下有一位學生不斷訴說對於頭倒立式的恐懼，最後他大聲喝斥：「忘掉害怕！你最多摔在地上，不會摔到天上去！只有在將來才會有恐懼，現在沒有恐懼！」恐懼將我們困於情緒的風暴之中，唯有面對恐懼，才能真正返回當下，意識到想像之中的危險並不存在，然後一躍而過，重拾生命的穩定與活力。

咒語的力量

體位法不只是一種運動，
而是透過身體來訓練心，
改寫那個令我們不斷受苦的咒語……

某次有位瑜伽老師與我分享，他的學生第一次做盤腿前彎時，明顯感受到臀肌的伸展，很驚訝身上竟有塊存在已久卻從未感受過的肌肉。於是在完成動作後，很開心地站起來，拍拍屁股，跟這塊陌生的肌肉打招呼：「初次見面，你好嗎？」

我聽了不禁大笑起來，同時對於這位同學能抱持開放、探索的心態練習體位法感到敬佩。一般人面對不熟悉的動作，多半懷抱存疑、害怕的態度，同時評斷自己「身體太僵硬了」，或是在心中暗忖「我永遠做不到這個動作」，或環顧四周與其他同學相互比較之後，得到一個「我很爛，我什麼都做不好」的結論。

這些批判與肯定猶如咒語一般，不斷強化我們的自我認同，對練習及生活也產生莫大影響。

記得幾年前在體位法的修練上遇到莫大瓶頸，當時剛好參加了一個工作坊，初見來自印度喜馬拉雅瑜伽傳承的阿修老師，便向他約了一次個人諮詢。

當我告訴阿修老師，對於頭倒立有很深的恐懼，一直做不好時，他反問我：「為什麼想學做頭倒立？」

「因為那是一個很重要的體位法，我應該要學會。」我回答。

「想做任何事之前，都要用心先觀想。若是妳不能清楚地在心中觀想，它便不可能在妳的現實生活中發生，妳的心創造一切真實。」老師說。

他接著問我：「當妳做體位法遇到困難時，在心裡做都難。妳曾在心中觀想做頭倒立嗎？那是什麼樣子？」

「很害怕的樣子。」我噗哧笑了出來，瞬時若有所悟。

他也笑望著我，頓了一下繼續說：「如果心中充滿恐懼，那便不可能在現實中做到。因為妳的心不會允許頭倒立在真實生活中發生。妳的心不斷創造障礙，無論是體位法也好，日常生活中的每件事皆然。

「先在心中練習那個姿勢，閉上眼睛，在心裡一遍又一遍地去做，就像是在看電影，一個呼吸接著一個呼吸，開始、停留、回到原位。等妳真的要去做時，就會驚訝地發現，原來真的做得到。無論妳想做什麼，都先在心裡觀想。妳要非常清楚自己想要的是什麼，然後觀想它、信任它，認真做工夫。妳的心便會讓一切所想的全都發生。」老師回答。

他又說：「我現在就可以教妳把頭倒立做好，但這對妳的人生不會有任何幫助。因為真正的體位法是『我在生命中的姿勢』，好好地在山式中站立，在生命中的每一刻都腳踏實地，那才是真實的體位法。所有的練習，都在幫助我們能在生命中站得更穩固。如果會做頭倒立，卻無法處理生命中的各種關係、不能好好享受生命、過好每一天，那這些都是垃圾。一切都跟生命有關，跟能否做好頭倒立無關。」

當下的我茅塞頓開，重新檢視練習和生活，才發現自己總是無意識地反覆誦念負面的咒語：「我不能」、「我不會」、「我不行」、「我不敢」……如此充滿恐懼的心理和自我設限，招致了許多障礙和危險，讓道路荊棘滿布、崎嶇難行。

因此，我試著在某些焦慮的時刻安靜下來，告訴自己：「我可以，我可以，讓我們一起來試試看。」不急著否定自己，或者從眼前的難關逃開，而是去認識每件事都有值得學習的課題，即使再糟糕的經驗都有其正面意義，並不是非黑即白，要不成功便是失敗。

慢慢地，我終於能安心徜徉在那溫柔的中央灰色地帶，持續發掘事物的多重面向，給予自己更多彈性與愛，並且好好呼吸。

多年之後，我來到印度，重回阿修老師的課堂。當他講解完「樹式[5]」的做法，並要我們練習這個平衡的姿勢之後，隨即拋出一個問題：「當你做這個體位法的時候，第一個進入腦中的念頭是什麼？」

---

5 樹式（Vrksasana）是一個單腳站立的平衡動作，將一邊的腳掌踩在腿部內側，雙手向上舉高，直視前方。

大家紛紛發表意見，最後有位同學大聲回應：「我不要掉下來。」全班聽聞哄堂大笑。

阿修老師微笑道：「對，如果第一個想法是『我不要掉下來』，代表你已經看到自己在這個姿勢中掉下來。即使盡力避免，依然無法維持太久；你遲早都會摔下來，因為在你的腦中，你已經掉下來了。

「所有在心中產生的疑問，遲早都會顯化在現實生活當中，因為一切真實發生的事情，都會在腦中先發生。你的第一個念頭，就是你人生的體位法，也是你的態度跟慣性。這個念頭揭示了你對人生有多少恐懼、疑惑與懷疑。即使你早已熟悉如何平衡，然而心中多少都還是存有這樣的想法，而不是去想『讓我們來探索吧』，或者『我想要享受如何平衡』。」

我不禁在心中大力點頭，練習瑜伽多年，對於早已嫻熟的動作，即使停留時外表看來從容自在，心中依舊會有想維持完美姿勢、害怕跌倒的想法。

阿修老師停頓片刻後又說：「你若帶著恐懼進入動作，恐懼便會成為你的咒語。當你不斷複誦著恐懼，讓恐懼得到滋養、獲得力量，你的心就會充滿恐懼和疑惑。但若你能把咒語改成信任、探索，那麼你就會變成一個勇於探索、願意信任的人。」

他總是如此不厭其煩地提醒我們：「體位法並不只是一種運動，而是透過身體來訓練心，改變我們的人生態度，改寫那個令我們不斷受苦的咒語，陶鑄一顆清明、愉悅、非暴力的心，建立喜樂的人生哲學。」

阿修要我們試想，如果一個人每天練習三小時，拚命強迫自己伸展，奮力完成每個動作，但腦中所想的永遠是「我很糟糕」、「我一無是處」、「我什麼都做不好」，重複持誦這些咒語三年，即使身體更加柔軟有彈性，心靈卻勢必變得沉寂黑暗，這絕對不是瑜伽練習的正途。

而另一人做了相同的練習，但他每日在墊子上的咒語卻是「我享受每個動作」、「我能夠好好呼吸」、「我會有耐心地陪伴自己成長」，如此也過了三年，身體不一定能進步神速，然而心卻經過有效的洗滌而更為平靜，確實走在修行的道路上，距離開悟更近，這才是真正的瑜伽練習。

從印度歸來後的第一堂課，便是教一群國小的可愛女孩。久未上課的她們非常興奮，與其說是在練習，不如說在玩耍，讓我也沾染了她們的喜悅。

當我們練習平衡動作時，女孩們停留幾秒鐘便跌下來了，然後再笑著重新回到姿勢當中，不久後又再次摔跌。她們努力維持平衡，卻也堅持不了多久。然而跌倒似乎成為一種非常好玩的遊戲，即使屢試屢摔，卻仍興致盎然地繼續嘗試，同時發出銀鈴般爽脆的笑聲。

笑望她們滑稽的動作，嘴角微微上揚，突然感受到練習的過程真是一件美妙的事，或許不存在真正的完美或完成，但每一次的試驗和發現都是珍貴的禮物。

於是，我也加入她們的行列，一起在樹式與舞王式[6]中微笑佇立。

這一次，沒有恐懼。

---

6 舞王式（Natarajasana）是一單腳平衡的姿勢。右腳站穩後，將左腳離地，膝蓋彎曲，左手向後抓住腳背，再慢慢將左腿往上抬高，接著挺直上半身，右手向前伸直，保持向前平視。

平衡的技藝

顧及身體、心念與呼吸三者的平衡，
此時，練習就不再只是「健身」，
而是進入「健心」。

當我第一次站在瑜伽墊上，模仿台上的老師擺出各種體位法，久未活動的身體彷彿不是我的，不但要留意四肢軀幹的位置，還得使力收束肌肉、站穩腳步。而視線該投向何方，以及如何配合正確的呼吸，都是練習的重點。經過好一陣子的手忙腳亂之後，終於能穩定停留在動作當中，這才初嘗「平衡」的滋味。

哈達瑜伽是瑜伽教室很常見的課程名稱，但什麼是「哈達」呢？拆解哈達

（Hatha）兩字，「哈」（ha）是日、陽、右鼻孔的呼吸，「達」（tha）是月、陰、左鼻孔的呼吸，而「瑜伽」（Yoga）的字義是連結、結合。是故瑜伽講求的是陰陽平衡的練習，同時讓「日」（右脈）與「月」（左脈）的能量合而為一，回到中脈（Sushumna），達成身心靈和諧的效果。

因此，練瑜伽不只是為了減肥、塑身與強健體魄，我們在每個姿勢中尋找平衡，不但顧及身體層面，還兼顧呼吸與心念。在漫長的探索過程中，有時會在某些環節感到窒礙難行，或因散漫、倦怠而想遠離練習，頻頻陷於挫折與掙扎當中；有時則在退轉與進步間擺盪，或因執著於表面的練習成效，產生驕傲、嗔念與貪心而招致苦果。這不僅是瑜伽墊上的經驗，同時也是生命歷程的縮影，總是要經過艱苦的磨礪及調和，才能不再為順境和逆境所惑，讓生活的各個層面回歸安定平衡。

練習任何一個體位法，都絕對存在「平衡」的要素。

雙腳站立的「山式」是每個人都會做的體位法，也是站姿平衡最基本的動作。

但你會觀察過自己是如何「站」在地上的嗎？你能妥善分配雙腳踩地的重心，感受站立時真正需要運用的肌肉，同時放鬆毋須使勁的部位，並保持呼吸的平穩流動嗎？

當身心狀態經過妥善調整，在充滿「覺知」的狀態下，我們才終於不只是「站著」，而是完成一個穩若泰山、不可動搖的「山式」。

再舉單腳站立的「樹式」為例，要能維持身體的穩定，需要保持骨盆兩側在同一條水平線上，離地的腳掌與大腿互相推踩，同時讓踩地的腳與地板之間取得穩固的力量。如此當雙手向上延伸之際，便能感受到下半身的扎根及上半身的延伸，創造出一棵枝幹挺拔的大樹雛形。

再者，練習時的視線要集中在前方的定點上，絲毫不動搖。當外在的基礎備齊，再配合流暢的呼吸與專注的心念，平衡的美妙便能在樹式當中嶄露無遺。

瑜伽大師艾揚格說：「如果一個人立腳不穩，他對生命的態度會變得消極，他做的瑜伽也不會穩健。這些體位法可以幫助我們在艱難時刻，甚至在災難發生之時保持穩定。當穩定成為習慣，成熟與明晰會隨之而來。」

雙足猶如大樹的根部，所有站姿的體位法都仰賴足部與地面的接觸。當我們心意煩亂之際，便難以做好平衡的動作。一個無法腳踏實地的人，不僅很難在姿勢中取得平衡，也無從在生活的各個層面保持平衡。

瑜伽練習即是覺察失衡，以及重獲平衡的動態過程。

曾經有位學生告訴我，每次上課的內容，都恰到好處地解除她當天所遇到的難題。不僅身體的疼痛得到適時的療癒，就連情緒也獲得平復：「進教室前，我對某人很不爽，氣個半死，但下課後，我竟然完全無法再發火了，心也變得柔軟許多，然後想到可以用更好的方式去跟他溝通了。」

當一個人帶著憤怒、焦慮或悲傷的心情來到瑜伽課堂上，即使強顏歡笑，依然很容易察覺到他們的肌肉呈現僵硬、緊繃的狀態，呼吸短淺急促，移動身體時失去平時的輕快靈活，也很難安然停留在動作之中，顯得躁動不安。

當我見到一個很努力卻依然無法平靜的人時，總會邀請他們在靜坐中感受當下的狀態，親近這份難受、沉重的感覺，不再做無謂的抵抗。同時藉由觀照呼吸與數息，重新尋得安穩。

許多學員也常在伸展中找到內在的靜定。除了活化全身的關節與肌肉，能讓人精神清明之外，也因為體位法練習永遠都是對稱的，做完右邊必做左邊，完成前彎必練後彎，兼顧身心的均衡發展。此外，練習時需要停頓在姿勢中一段時間，藉由持續的自我觀察，不但能了解自己的習性，還可收束、鍛鍊飄移不定的散漫之心。當我們能充分顧及身體、心念與呼吸三者的平衡，便可成就完美姿勢。此時，練習就不再只是「健身」，而是進入「健心」的層次了。

然而，真正的考驗卻是離開墊子後方才展開。學習瑜伽讓我們在遭遇衝突與磨難之際，擁有回歸平衡的能力。能記取並運用這些方法，平衡無常且充滿變數的生活，並善待自己與他人，才是練習的重要目的。

一個人做瑜伽，能夠學習與自我和平共處；而練習雙人瑜伽，則能習得與他人合作的溝通之道。

親子瑜伽課的雙人練習，總能窺見父母與孩子之間最親密的愛。某堂課我要媽媽先來到嬰兒式，然後讓孩子躺其背上，做打開胸膛的後彎動作。其中一組是爸媽一起參與，當小女孩躺在母親身上後，無法適應高度而有些害怕，爸爸便在一旁用雙手護著她，還不時低頭親吻女兒。這位小公主便在幸福的氛圍中，慢慢回到放鬆的狀態。

親子間擁有足夠的信任，可以輕易達成任何動作。但若是一般的朋友或陌生人，要完成雙人瑜伽便非易事了。

在兒童瑜伽課堂中做雙人練習時，常有小朋友頻頻告狀：「老師，都是他的腿太短，害我們都沒法成功。」「都是因為他突然間把手放開，我才會不小心跌倒，好痛！」「他太笨了，什麼都不會，我不要再跟他一組了。」

引導孩子了解彼此間能力的差異，體諒對方的不能，同時在練習中領略截長補短之道，成為雙人瑜伽練習的重點。

柔軟度好的人，伸展時別太過深入，便能與他人達成平衡；肌耐力好的人，只要願意稍微支撐一下他人的重量，便能幫助對方維持動作。而遇到困難時，願意不斷嘗試、修正，才能獲得成功。

一個完美的雙人動作，展現兩人之間的信賴、互助與體恤。經過妥善的溝通和相互理解，終能在緊密的連結中合而為一，共同經驗平衡的喜悅與美好。

靜心的力量

願在每一次的練習中，
都能撒下一顆平靜的種子。……誠心自在地待人待己，
讓生活處處充滿光亮。

許多人對瑜伽的刻板印象，是一群人在墊子上揮汗「拉筋」、伸展肢體，擺出各種困難的姿勢。究竟瑜伽跟其他的「運動」有何不同呢？

瑜伽大師艾揚格說，體位法常被形容成體操運動，這是錯誤的說法。在瑜伽中身體的鍛鍊稱作「體位法」，體位法是姿勢（Posture）的意思，也是身、心、靈在統一狀態中安置身體的藝術。

當你停留在一個姿勢時，需要不斷感受與反思自己做出來的動作，並在微調身體的過程，體驗骨骼、肌肉、關節和細胞的寧靜和安穩，同時在充滿覺知的內觀狀態中，收攝雜亂的念頭。經由不間斷的練習，才能在瑜伽墊上淬鍊出悅性的心靈品質，並體現於日常生活，在任何的境地中持續保有平和、穩定的心，此即最高深的體位法修練。

當練習從淺層的肉身與呼吸，逐步回歸到心靈層次，達成「以心領息，以息領身」的境地，讓氣身層來引領肉身層做到每個姿勢，瑜伽便從「運動」轉而成為「靜心」的練習了。

在忙碌的生活中偶爾能夠「停下來」，是非常享受的事。因為全職教授瑜伽的關係，我很幸運擁有更多時間靜心，以及引導他人靜心。通常我會在每日睡前及教課前靜坐，讓內在保有沉靜的品質，此即教學最好的準備。

幾年前剛開始教學時，有位教室的老闆來上我的課。結束後，他給我一些重要的提點：「教課時，給予學生的資訊不宜過多，他們只需要聽到一、兩個指令，並也實際體驗到了，就很足夠了。這樣我們說話就不會急快，氣氛穩定了，口令之間也有了留白，學員才能感受自己的練習，老師也有時間觀察大家的身體和面部表情，從而調整步調，照顧好每一個人，成就美好的練習。」

於是，我開始練習一邊說話，一邊聆聽自己的話聲。當我急躁地想說更多時，便先停頓片刻，讓自己靜下來。這才發現，心在散漫與集中時所發出的聲音是截然不同的。當我凝神專注地咬字，用「心」說話，而不只是用喉嚨時，便能擁有悅耳的聲音，也能讓學員更清楚地接收到訊息。

同時在適當的時機，說得更少且更慢些，讓學員的注意力從老師的示範與口令中鬆脫，轉而回到自己的身體、呼吸和心念之中。當「靜默」成為課堂真正的老師，讓彼此從靜中再進入更深的靜，練習才得以真正開始。

慢慢地，我與學生在課堂中的「留白」時刻，一起感受呼吸在伸展的過程中，漸漸變得深沉，安定的能量逐漸凝聚，安撫了每個人的心。所有的紛亂悉數消融，處於其間，我唯一感受到的就只有深深地被愛著，同時也能無礙地去愛眼前所有的人。我在說話，同時也處在靜默當中，從心底深處流瀉出來的一字一句，都使得整個空間更為靜謐。

放下所有的情緒與期待，成為一個平靜的管道。那樣的時刻療癒了我，也療癒了學生。

在課堂上從引導學生做體位法開始，一步步抵達靜止的狀態，而我也同處其中，在回歸寧靜的過程，領受一切難以言喻的美妙。這大概是我為什麼熱愛教瑜伽的原因吧！

我最喜歡在瑜伽睡眠的預備練習中靜心。

首次來到喜馬拉雅瑜伽傳承的瑜伽睡眠課堂時，我也以為這是一堂「助眠」的課程。然而，瑜伽睡眠並不是在「睡覺」，而是透過練習達到清醒而放鬆的狀態。

一般人在睡著之後，必然覺察不到身體及外在世界的存在，但熟悉瑜伽睡眠的資深練習者，在進入深眠之後，依舊能清楚覺知周遭的狀況，不陷入昏沉，達成「有意識的睡眠」，能充分釋放疲憊、補足能量。

在瑜伽睡眠的初學準備階段，「放鬆」是首要課題。老師先教我們趴在地上做「鱷魚休息式[7]」，這是一個練習橫膈膜呼吸的姿勢，藉由調息來放鬆身體和大腦。當我跟隨老師的指令觀察呼吸時，才發現那陣子因壓力事件頻繁，吸吐之間常有停頓和顫抖的狀況，同時也有胸悶、緊張的感覺。閉上眼睛，諸多影像在腦中不斷閃過，無法抑制的情緒四處流竄，猶如被嚇到般倒抽一口氣後，終於滲出淚水。

無預警的流淚讓我有些窘迫，於是趕緊拭去淚，繼續跟著做「關節與腺體」的伸展。經過充分的身體活動後，才躺下在攤屍式進行「系統放鬆法」（Shithili-karana）。這是瑜伽睡眠的預備練習，透過從頭到腳逐區放鬆全身肌肉，鍛鍊更細密的身心覺知。

在此之前，我以為攤屍式僅只是躺在地板上休息而已，直到接觸瑜伽睡眠，才了解深層放鬆是多麼美妙的事。緊隨老師的引導，依序觀察並放鬆臉部、手臂、

---

7 鱷魚休息式（Makarasana）是一鍛鍊橫膈膜呼吸的姿勢。先呈俯臥姿，雙腳打開，腳跟朝內、腳趾向外。接著彎曲手肘、手臂交叉，右手扣住左上臂，左手則抓住右上臂，再將額頭枕於手臂，保持胸口略高於肚臍的位置。最後放鬆全身肌肉，閉上眼睛，專注感受呼吸規律、穩定地在下背、腹部的起伏，停留一段時間。

胸口、雙腿等部位，猶如找回失散多年的好朋友，由外而內，將破碎的它們一一重新拼湊成為完整的個體，在合一的平靜中與自我重新取得連結。

下課後，從裡到外煥然一新，適才浮現的悲傷情緒，已然消逝殆盡。毋須任何言語，卻已獲得最深層的療癒。

大人需要靜心，孩子們也很需要。瑜伽與靜心練習幫助他們安然通過成長過程中的每一道關卡，充分釋放情緒與壓力，培養安頓身心的能力。

靜下來是很舒服的事。每堂瑜伽課我都會帶孩子們靜坐，每次見到他們稚嫩的臉上流露出的真誠與專注，都讓我為之動容。

某次在兒童瑜伽夏令營，活潑好動的六歲男孩阿偉告訴我：「我常常覺得很生氣。」

我望著阿偉圓嫩紅潤的小臉問：「為什麼呢？」

「我也不知道，我就是很生氣，沒有原因。」

當天剛好帶領大家讀了一本跟「憤怒」有關的繪本，這則故事告訴孩子，每個人都有生氣的時候，但如果我們能試著停下來，安靜地感受情緒慢慢沉澱下來，就不會一直處於生氣的狀態了。

待全班一起練習一小段靜坐後，我問阿偉：「你還生氣嗎？」

他眼神發亮地搖搖頭，很篤定地說：「不生氣了。」

隔天再見到他時，我跟他打招呼：「今天你看起來很開心，一點都沒有生氣喔！」

阿偉用力地點點頭，很愉快地說：「對啊，因為我回家有練習瑜伽，所以就不生氣了。」

當下我感動不已。雖然夏令營的上課時間短暫，但孩子能有如此體會與行動，一切的努力也就值得了。

情緒淨化是一輩子的功課。願在每一次的練習中，都能撒下一顆平靜的種子。當心靜了，也淨了，能夠更誠心自在地待人待己，便能讓生活處處充滿光亮。

輯三

瑜伽這檔事

瑞詩凱詩瑜伽之旅

第一次來到舊學院，不知怎地感到莫名的熟悉，
覺知到深刻的愛與連結，
讓我無法停止地流淚。

印度猶如榴槤一般，有的人抵死不嘗，有的嘗過便一輩子不願再試，有的則初嘗後便成摯愛。

我跟印度的緣分與瑜伽密切相關。這些年最常拜訪位於北印度瑞詩凱詩的瑜伽學院Swami Rama Sadhaka Grama（斯瓦米．拉瑪修行者聚落道院）。這座學院是由瑜伽上師斯瓦米．拉瑪所創辦，從德里機場出發約有五個小時左右的車程。

搭上事先預訂的包車，迎接我們的是膽顫心驚的「深夜雲霄飛車之旅」。某次上車後，才發現後座安全帶故障。司機在寬廣的路上飆車，還指著路面說：「這條路超好開的，還是剛鋪好的六線道柏油路呢！」我定睛一看，偌大的馬路是很平坦，但哪裡有畫分隔線？而且順、逆向車輛同在一條馬路上疾速奔馳，卻連個分隔島都沒有。但很神奇的是，所有的駕駛仍能「看到」那一條條隱形的線，老神在在地繼續開快車，並適時閃避每一個撞車危機。當然，我幾乎無法入睡。耳聞駕駛們的喇叭聲不絕於耳，望著遠方的微光，抓緊椅背，深怕一個不小心便被甩出車外。

順利到達學院時，天才濛濛亮。回房小睡片刻，便到食堂用餐。學院提供簡單的素食餐點，菜色變化不多，但卻乾淨可口。主食多是米飯和麵餅，配菜少不了搭配香料（Masala）製成的各色蔬菜咖哩，有時也會有水果、甜點和沙拉。

我們的宿舍是六人或四人同住的獨立小屋，每個房間都有簡單溫馨的交誼廳及現代化的衛浴設備，屋前還有小庭院可以曬衣服和乘涼。來自世界各地的學生聚集於此，總能結交到諸多志趣相投的朋友。

校園內的各個角落種滿鮮豔繽紛的花卉，在工作人員的悉心照料之下蓬勃盛開，與美麗的建築物相互輝映，美不勝收。有空的時候，在校園中漫步賞花，或在草地上赤足練習沉思步行（Contemplative Walking），或是帶本書，坐在長椅上閱讀、曬太陽，是我在學院最享受的時光。

學院的作息十分規律，每天凌晨四點半起床，五點半晨禱後，開始練習哈達瑜伽，接著做完調息練習後，再從七點半靜坐至八點半。完成例行的早課後共進早餐，接下來便展開一整天的課程。不只是體位法，還有調息法、瑜伽經典及哲學、解剖學、阿育吠陀（Ayurveda）等講座。晚上六點另有一次團體靜坐，接著才是晚餐及夜間課程，通常進行到晚上九點才全部結束。在晚禱之後，結束一日充實的行程。

瑞詩凱詩是印度最著名的瑜伽修行地之一，來自世界各地的朝聖者聚集在此。這座位於喜馬拉雅山腳下的聖城，又稱素食之城，對於茹素多年的我來說，真是美妙的素食天堂，完全不用擔心找不到東西吃。

最愛各式各樣的印度麵餅。學院每天都提供以麵粉加入少許鹽巴後，直接在爐內烘烤製成的印度烤餅（Chapati，又稱Roti），富含醇厚的麥香，搭配各色咖哩食用。而去外頭餐廳時，我常會點一盤混入大蒜、奶油或起司的饢（Naan），或是夾有馬鈴薯內餡的印度蔥油餅（Paratha）來打打牙祭。有時餐桌上也會出現下鍋油炸過的Bhature、Puri，或又鹹又香的印度脆餅（Papad），配上香濃的鷹嘴豆咖哩，令人食欲大開。而另一種烤得油香薄脆的長條餅（Dosa），體積龐大，有些則包有香料和蔬菜內餡，如果點原味的可沾奶油或咖哩食用。

學院提供的餐點較為清淡樸素，因此到外面吃飯，我最喜歡點鐵板料理，有用菇及豆類壓成的素肉排，澆淋香噴噴的醬汁，加上熱炒過的青花菜、豆莢、番茄等鮮蔬。有時再多點一份炸蔬菜（Pakora），飯後再來杯檸檬薑茶或水果酸奶（Lassi），實乃人間美味。

我偶爾也會點印度綜合餐（Thali），這種餐食與日式定食的概念類似，鐵製餐盤上擺滿小圓碗，裝有不同的菜餚與醬料，例如豆湯、咖哩、酸奶、沙拉、甜點。有的高級餐廳會做得更精緻，配菜種類也更為繁多。

印度的食物都充滿濃厚的香料味，某次在學院住了數週，開始厭倦咖哩的味道時，廷宇老師訂了一千顆西藏餃子（Momo）請大家吃。一口咬下麵皮與餡料，淚水幾乎奪眶而出，真是好吃極了。雖然內餡辣口了些，但這近乎台灣食物的滋味，讓我吃了快二十顆才肯罷休。

此外，我也很愛印度的袋裝小圓餅，一包大約十盧比（約台幣五元）。薄餅充滿濃厚、甜蜜的奶香，讓人忍不住一塊接一塊。同時也會買點鹹味洋芋片，除了咖哩口味之外，還有印度限定的魔法香料（Magic Masala）、酸奶油（Sour Cream）等等。每次都會到雜貨店買一大袋，囊括各種奇妙口味，囤在房裡慢慢享用，印度朋友還因此頒給我「餅乾女王」（Cookie Queen）的封號。

然而走在路上，千萬要把食物藏好，因為街上到處是伺機而動的猴群，準備搶走你拎在手上，正要大快朵頤的爆米花、番薯和花生。無所不食的猴子體型壯碩，有時還會囂張地進屋覓食。此時打開門，毫無防備地見到一隻大胖猴，正人模人樣地坐在椅子上，怡然自得地啃咬桌上的水果。人猴四目相對，一邊驅趕，一邊驚聲尖叫、冷汗直流。

放假的時候，我們常前往學院附近的羅摩朱拉（Ram Jhula）和附近的吊橋Lakshman Jhula晃蕩，依傍著恆河沿岸開滿了商店及餐廳，這裡也是當地瑜伽教室和旅社最密集的所在。

走進熱鬧嘈雜的市集，喇叭聲不絕於耳，跟幽靜的學院完全不同。這裡是瑜伽人的採購天堂，販售許多跟瑜伽有關的商品。走完一圈，想要的瑜伽T恤、CD、書籍、缽、阿育吠陀的洗浴及保養品，都買到手了。另也添購幾件印度的長衫、褲子、披巾，外加一只手縫布包，再跟路邊的阿姨買幾張貼在眉心的裝飾貼紙Bindu，回去整套換上，就能完全融入當地人的衣著打扮。

向晚的恆河十分美麗，除了乘船渡河，欣賞落日餘暉，也可向沿途的小販買花放入河中祈福。有時我們也會參與羅摩朱拉的「恆河祭」，遠遠便能聽見祭司莊嚴地吟唱，居民攜家帶眷，一圈又一圈地圍坐在聖火邊，在輕風與霞光中聆聽樂音，每個人的臉龐都流露喜悅而虔敬的神情。結束時，大家輪流以雙手在祭司所持的火盤上過一遍，向諸神與上師獻上禮敬，這個儀式稱為「火浴」，藉以洗滌內在的無明與黑暗，重新迎向光明。

市集周邊雖能親近恆河，但人群如山似海，若想圖個耳根清靜，最棒的散步地點還是Sadhana Mandir Ashram道院後方的恆河小徑。這個道院也是由斯瓦米．拉瑪所創立，常被我們稱為「舊學院」，距離Swami Rama Sadhaka Grama（新學院）不遠，可從新學院步行，或攔一輛嘟嘟車（印度特有的三輪手排小車），約五分鐘即能到達。

舊學院十分清幽寂靜，學院的老師總是說：「每次來到這裡，總能感受到滿滿的愛，猶如浸泡在一座充滿蜜糖的池子裡頭。這樣的愛是如此深邃甜蜜，無邊無際，幾乎讓人無法承受。」

記得我第一次來到舊學院，不知怎地感到莫名的熟悉，覺知到深刻的愛與連結，讓我無法停止地流淚。那時正值傍晚，夕陽西下、微風輕拂，獨自佇足老樹環繞的蓮池畔，望著已經離開身體的拉瑪大師曾住過的房間，心裡浮現著「來晚了」的慨嘆，但好在終究還是來到這裡，心中既是悲、又是喜。

接著再到二樓昔時上師的辦公室改建而成的靜坐室，闔上眼睛，靜觀呼吸。那一瞬間，周身似是被緊緊環抱，感受到前所未有的溫暖與安定。頓時清晰明瞭，在迷了這麼久的路後，再也不需要四處尋索。終於找到家，也總算回到家了。

平常我們上課、活動的地點多在新學院，但只要一有空，我總愛往舊學院跑。那兒能量純然清透，靜坐時常會感到深沉的靜定和喜悅，有時也會流淚，然而經過淚水的洗滌，那些困惑及悲傷也很自然地消融了，離開後，心總是非常平靜。

常常在練習後爬上後門的台階，在恆河邊漫步、發呆。某次巧遇一群戲水的孩子，會說簡單的英文。他們吆喝我一起玩耍，於是我便幫他們拍照，其中有位孩子很頑皮地要我給他十盧比做為酬賞，我便笑著撿了一顆石頭送給他。

同伴們見了哄堂大笑，玩心大起，拾起更多石子打起水漂。忽聞一陣驚呼，這才瞥見對岸有一頭野生象，正在林邊悠閒地散步呢！

準備離開時，巧遇一群穿著五顏六色服飾的印度姑娘，她們來到瑞詩凱詩旅遊，熱情簇擁著我一起拍照。

我燦爛地笑著，好似人形立牌般，跟她們一張又一張地合照。於是，我的相機便留下許多在恆河畔的身影，以及當地可愛的人們。

瑜伽食堂

在餐前立誓：我要少吃三口。

帶著節制的意念，

運用五官專心感受眼前的食物，真正享受美味。

每當跟新朋友吃飯，點好餐後，都會被問起：「你們練瑜伽的人都吃素嗎？」對我來說，吃素是一個自然發生的結果。當瑜伽練習愈深入，身心的感知愈加敏銳，對於食物的喜好自會有所改變。未過度加工、當地當季的新鮮食材、簡單烹調的食物當然最好。

後來，我更希望能在日常飲食當中，實踐《瑜伽經》中所提到的戒律——「非暴力」。願能以此善待一切生靈，進而選擇齋食。

在瑜伽的飲食觀當中，認為食物會直接影響人們的心靈意識。肉食被歸類於「惰性食物」（Tamasic Food），攝取過多易令人產生怠惰、昏沉、沮喪不安、遲鈍的感覺。但若我們強迫一個尚未準備好的肉食主義者吃素，或是因病痛而亟需從肉類攝取營養的人茹素，完全漠視他們的需求，便違背了瑜伽中「不傷害」的原則。

瑜伽大師斯瓦米．韋達曾說：「我寧願你吃肉，但有慈悲和同理心，而不要吃素，卻對他人沒有慈悲和同理心。」

素食對於身心有益，但非絕對必要。我們需要了解如何選擇好的食物，更應培養良好的進食態度，才能帶給身心最大的益處。

某次在印度的瑜伽學院居住時，石宏老師給我一項特別任務：在用餐時間幫忙整理食堂外的鞋子。

因此，每日我都會晚些到餐廳，把那些散落在地上的鞋子歸位，再去用餐。飯後再巡一次，才回房間。有時見到地上散亂的鞋子很多，身旁的印度好友

Apoorva就會說：「唉，妳今天的功課很多喔。」而若鞋子幾乎都整齊排放架上，她就會開心笑道：「今天妳沒有功課了，真棒。」

每當我彎腰排鞋時，來自世界各地的同學們瞥見了，都會對我點頭微笑，並很有默契地將脫下的鞋子排好。收拾妥當後，望向整潔的地面，我總會感到無比舒暢，這才進去安心吃飯。

排完一個月的鞋子後，老師問我：「妳有注意到，靜坐大廳前的鞋子總是排得很整齊，跟飯廳前亂丟的鞋子完全不同嗎？」

原來，當我們準備上課、靜坐時，內心會是收攝、恭敬且充滿覺察的，然而準備吃飯時，便即刻失去那份專注和覺知。凌亂的鞋子即是渙散的心，當我們進食時，可能會因分心而不知不覺吃得過多，造成身體及消化系統的負擔，也無從品嘗食物的滋味。

因此，印度傳統的瑜伽傳承在用餐前都要進行「食禱」，藉由唱誦的儀式，讓用餐者擁有愉悅、放鬆且感恩的心情，用心感受與食物之間的美好連結。

老師也經常告誡我們，要在餐前立誓：我要少吃三口。帶著節制的意念，運用五官專心感受眼前的食物，才能真正享受食物的美味。比起禁食多日，少吃幾口是更難達成的苦行，能夠鍛鍊我們對於欲望的克制力及覺知。

二〇一四年的秋天，亟需讓自己澈底休息，並希望擁有足夠的時間做自我練習，因此決定不跟大家一起參加新學院的師資訓練課程。每天晨起後，獨自拎起包袱，在大街上攔一輛嘟嘟車，駛往鄰近的舊學院，進行靜默的練習。

隨身戴著Silence（靜默）的牌子，任何人見了都視我為隱形遊魂，絕不輕易打擾，就連附近雜貨店的老闆看到，也會意地向我點頭微笑，靜靜結好帳，不主動跟我對話。由於大家都在密集上課，舊學院人煙稀少，我在那裡做體位法、調息法及靜坐等練習，也常在恆河畔漫步、曬太陽，直到下午四點才坐車回去，跟當時還在世的學院精神導師斯瓦米．韋達一起進行傍晚的團體靜坐。

待在舊學院的時間頗長，早、午餐都在那兒食用。聽聞搖鈴噹啷，便知飯菜已經備妥，步入靜謐的食堂，拿起鐵盤打好菜，再隨意找個位置入座。

每張桌子都放有Silence的標誌，提醒來者保持靜默。沒有太多的人聲，唯有窗外鳥囀唧唧，清風拂過樹梢，枝葉發出窸窣的脆響。金色的陽光鋪灑在餐桌上，在如此靜美的地方用餐，自然升起了舒緩感恩的心情。

印度學院提供的素食餐點很簡單，菜色變化不多，每道菜都充滿濃重香料味，食材也常切碎熬煮成嬰兒食品般的濃稠狀，很難見到食物的「原形」，常常搞不清楚湯裡搗得稀爛的菜究竟是什麼。只能在暗自猜測之後，拌飯或裹著烤餅一股腦兒地吞下肚。

每次到印度，我都會帶許多泡麵、豆乾、海苔、罐頭，因為大概一個禮拜後就會開始發膩，極度想念台灣食物。但當我在舊學院舉箸品嘗那些「吃膩了」的菜餚，不再心浮氣躁，而是細嚼慢嚥，細心感受食物的氣味、色調、口感時，竟別有一番滋味。

我總以為舊學院的食物特別好吃，或許是每當在那裡用餐時，都有一顆虔敬安靜的心。當食物添增了靜默的香氣，便能讓平凡無奇的菜餚成為珍饈美饌。

獨樂樂，不如眾樂樂。跟一群人共享食物，則又是另一種愉悅的用餐經驗。

首次在台灣參加靜默營時，三餐皆是自助餐模式，大家自行取食。不過最後一天的晚餐，民宿主人特別準備了豐盛的火鍋。當大家安靜地圍坐桌前，望向滾燙的湯底，以及一盤盤的食材，頓時面面相覷，不知該如何下手。

這真是一場默契大考驗，在不說話的狀況下，只能比手畫腳討論哪樣食材要先下鍋。煮好食物要分配時，也得不斷比畫想吃得多或少。到了後來，竟然激發我們互動的欲望，用手勢溝通實在太費工，唇語氣聲開始出籠。大夥兒身處如此滑稽的場面，不禁憋笑起來，終是打破了靜默。

實驗結果發現，靜默營真的不太適合吃火鍋。沒有言語、笑聲與眼神的交會，怎能稱得上是圍爐呢？

然而，我也忽然能夠理解，為何中國人過年要吃年夜飯。全家人共聚一堂烹煮食材、閒話家常，不僅填飽了胃，也暖足了心。食物不僅讓人不再饑渴，也能透過共食來分享彼此的陪伴與關愛。

靜下心來，專注而用心地進食，食物便不再只是食物，再簡單的食材都是山珍海味，不僅能補足身體所需的能量，也能讓心靈獲得深刻的療癒與滿足。

深山中的瑜伽修道院

從一千六百年前起就不斷有修行者來到此地，
僅攜兩條毯子便在森林中靜坐，
為塔克希瓦帶來不凡的靈氣……

印度有許多聖地，吸引世界各地的人們前往朝聖。「朝聖」跟一般的旅遊迥然不同，瑜伽大師斯瓦米．韋達將人生比喻為一段旅程，朝聖之旅即是內在旅程的外化表現。通常有聖人曾在這些聖地苦修、靜坐，或是得到深刻的啟示，有些聖地則蘊有神祕的能量。「聖地」的梵文是Tirtha，意思是「涉水之津」（「津」即渡口）。因此，我們可把朝聖做為橫渡心靈之海的起點，由此滌淨身心，走向外在的聖地時，也接近內在的神聖之境。

這幾年常拜訪位於北印度瑞詩凱詩的喜馬拉雅瑜伽傳承的學院（即前文所提之新學院），某次跟學院的老師們閒聊，無意間得知加合爾地區的蘭德斯當鎮（Lansdowne）以北十二英里處，海拔六千五百英尺的深山中有一間修道院 **Siddha-Peeth Tarkeshwar Dham**，跟學院有著頗深的連結。

根據斯瓦米．拉瑪《大師在喜馬拉雅山》（*Living with the Himalayan Masters*）一書所述，拉瑪大師曾經獨自一人走在塔克希瓦（Tarkeshwar）懸崖邊緣的小路上，因為木屐打滑，差點跌倒墜落。此時，忽然有一位身形高大穿著白衣的老者用雙臂將他托住說：「這裡是聖地，你受到保護。我會帶你去到目的地。」老者領著他在小徑走了十分鐘，來到一間茅草屋，正當拉瑪大師轉身想道謝時，老者卻不見了。

後來屋內的苦行僧和村民告訴他，六百年前有位大師就住在這裡，雖然他一直保持著靜默，卻在沉默中對住在當地的人施以教誨。

當他去世後，民眾在他住的地方建造一座小廟，裡面供奉著一塊希瓦陵迦[1]。到了每年三月，村民也會聚集於希瓦神廟緬懷悉達巴巴[2]。而拉瑪大師也一直記得那雙充滿愛意、保護他免於落下懸崖的手臂。

於是我便興起拜訪這座道院的念頭。經幾位長輩的協助，聯絡到該修道院的住持Tituji，並做好行前的規畫和準備。

啟程當天，我與旅伴F半夜三點半即摸黑起床，嚮導兼司機Pradeep已經在校門口迎接我們了。後來才知道Pradeep的生父就是修道院的前住持Swami Hari，由他帶領我們上山再適合也不過了。

由於山中物資匱乏，生鮮食材皆須由到訪的旅人協助運上山，因此第一站是到市場買菜。凌晨四點，我們在微光中挑選各式蔬菜及水果，然後喚醒倒在一旁打盹的老闆，他睡眼惺忪地揉著眼睛，分批將菜置於傳統的秤上以砝碼測重。待我們三人將買好的菜搬上車後，一回頭，菜販又以最快的速度進入夢鄉。

---

1 希瓦陵迦
象徵希瓦神（Shiva）的橢圓形石塊。

2 悉達巴巴（Siddha Baba）
意指具有神通的神聖父親。

一個小時後，開始進入山區。早期的山路僅鋪碎石，駛於崎嶇的山徑，不斷顛簸震盪，長達數小時，實是無比艱辛。而今雖有平坦的柏油路，然而不停搖晃於髮夾彎之中，也瀕臨暈車邊緣。

幸而我們的司機Pradeep經驗豐富，不時停車讓我們下來走動，使身體能適應高度的變化，並喝杯奶茶，稍事休息。踏進簡樸的山屋，跟其他旅人一起等候老闆烹煮印度香料奶茶。在冷冽的清晨飲上一杯又甜又香的現煮茶品，真乃極致享受。

不久之後，迎接我們的是美麗的日出，站在山巔展開雙臂，周身沐浴在朝陽的光明之中。路途中還有個景點「靜坐石」（Meditation Stone），遠觀恰似一位面向群山靜坐的修行人，十分獨特。

經過五個小時的車程，終於來到目的地，我們扛著行李，走過一段頗長的步道，才見到修道院的主建築，笑容可掬的住持Tituji正佇立門邊迎接我們。

我們住的房間與昔日拉瑪大師的小屋比鄰，屋內雖有些潮溼，卻是簡單溫馨。卸下行李後，來到庭院跟Tituji聊天，熱情好客的他請我們喝茶，以及品嘗他最喜愛的零食Panchrattan，那像是加了糖的科學麵，並混和些堅果的零食，香脆好吃。

Tituji談起自己的成長歷程，當年他是上師Swami Hari身畔的雜役，日夜忙於工作。某天Swami Hari突然離開身體，沒有留下任何隻字片語。年輕的Tituji頓失依靠，成日枯守道院，不知該如何是好。

後來，他開始靜坐，重新感受上師的愛，不再徬徨無助，也明瞭了自己的使命，獲得維持道院的勇氣和力量。同時也得到許多善心人士的資助，慢慢整建道院，才有了如今的規模。

說完自己的故事，Tituji臉上漾著溫暖的笑容，告訴我們要持續靜坐，一切困惑將會迎刃而解。

趁著天氣晴朗，Tituji請修道院的工作人員陪同我們到附近村莊散步。行於松林之間，雲霧繚繞、群巒疊翠，鳥囀不絕於耳。走累了，便佇足眺望遠方，每處美景皆令人驚豔，且蘊含不凡的靈氣，讓人眼觀層峰之際，心也隨之沉靜下來。

走進小聚落後，嚮導帶我們到一間雜貨店，跟老闆用印度話聊起天來。我們枯坐凳上，被晾在一旁十分鐘後，我偷偷問旅伴F：「好無聊喔，我們在等什麼呢？」「沒等什麼，只是坐一坐，休息一下吧！」

忽然，我領略到自己平常總是忙完一件事，又再接著下一件，片刻不息。當有機會停下來的時候，反而不知所措、無所適從了。

我頓時放鬆下來，深吸口氣，走到店外舒展一下筋骨。此時，一隻小狗迎面走了過來，我們便買了一包餅乾，與狗兒一起享用。

小村落蓋有諸多矮房，居民在田間種菜維生。途經一座小廟，進去參拜一番之後，嚮導問我們要不要喝茶，我默默計算著，這已是今日的第三杯了，無論走到哪裡，都非要來杯茶不可，印度人真是愛茶的民族啊！

於是，大夥兒來到另一間雜貨店，品嘗甜滋滋的奶茶。此時，天色漸暗，我們決定踏上歸途。

走在路上，突然有台車經過，見到一群印度男人坐在車頂上吹風，車廂內也坐滿了人。經過我們的時候，他們瘋狂大笑、尖叫兼揮手，伴隨著揚起的黃土，煙霧瀰漫。車速飛快，轉眼間便消失無蹤。

待下一台車經過時，剛好是嚮導的朋友，於是我們搭了便車。一邊聆聽車內播放的寶萊塢舞曲，一邊遙望虛無縹緲的雲海。嘈雜與靜謐，在融洽的笑語聲中，似已巧妙地融為一體。

用過美味的晚膳後，早早便熄了燈。夜裡的修道院漆黑寂靜。氣溫驟降，套上行囊中所有的衣服，鑽進被窩，睡得又沉又香。

晨起梳洗後的第一件事，自然是先喝杯香濃的奶茶了。吃完早餐，我們到修道院的杉樹林中走動，並參觀著名的希瓦神廟和聖母廟。

關於Siddha - Peeth Tarkeshwar Dham修道院的歷史，根據住持Tituji所述，Siddha-Peeth的意思是「具有神聖能量的地方」(Spiritual Power Place)，從一千六百年前起就不斷有修行者來到此地，那時並無任何建築，他們身無長物，僅攜兩條毯子便在森林中靜坐，為塔克希瓦帶來不凡的靈氣，只消走在林間，便能全心融入那廣闊無邊的寧靜。

塔克希瓦的字義是「神聖的希瓦神」（Lord Shiva），修道院內著名的希瓦神廟，已有千年歷史，來者常在裡面靜坐，感受殊勝的能量。

廟外是成排的銅鈴，進出神廟要脫鞋赤足，並以手敲鈴。每個銅鈴聲音都不同，十分悅耳動聽，敲完之後，心也隨之安靜下來。

整個早晨，我們保持靜默，在散步及靜坐中沉澱心靈，直到午餐後才依依不捨地準備離去。

突然間，外頭下起了冰雹。我們一邊用膳，一邊祈禱能順利下山，同時也欣賞著窗外難得一見的景致。好在半小時後冰雹便停歇了，又恢復陰涼無雨的天氣。

在離開修道院前，Tituji將我們喚進他的居所，這是他的上師Swami Hari曾住過的房間，有些幽暗潮溼，完全保留昔日簡樸的陳設與格局。他很慈祥地說，想與我們合影留念，同時也叮囑我們，勿忘每日的靜坐練習。雖僅有兩日的相處，我們卻仍在臨別的擁抱中紅了眼眶。

而今，我仍常憶起深山中的修道院，以及塔克希瓦和住持的祝福，引領我在每次的練習中，重新邁入那一片深邃無際的樹林，放下惶然憂慮，獲得內在的淨化與寧定。

從印度回來之後

釐清方向、懂得取捨，
適時放下牽絆及誘惑，
對自己的欲望與恐懼保持覺知，才能活得飽滿有力。

每隔一段時間，我都會返回印度的瑜伽學院充電。對我而言，從百忙中抽身遠行，猶如在燠熱昏沉的夏日走進淋浴間，打開蓮蓬頭，讓洶湧的水流從頭澆灌到腳。藉由如此的洗禮，讓人驀然清醒過來，回到當下，重新檢視何謂真正重要的人事物。

每要前往印度前夕，總是格外忙碌，因為即將離開一個月，得將工作和生活上的事務一一安排妥當，甚或提前趕完進度。

緊湊的行程使得身心狀態特別緊繃，同時也想多存點旅費，於是接下超乎體力能負荷的工作，導致連續數月間少有休假，老是感到頭暈腦脹、疲憊萬分。

確認行程之時，也顧慮著請假太久，一個月後，學員是否會為各種因素不來上課了，或者教室可能把課停掉，換成其他老師來任教。接著又擔心來到印度後，要與許多同學同住一房，生活習慣不同，難免產生摩擦。最後在打包時，頻頻猶豫什麼該帶，什麼不該帶，希冀減少行李重量，卻又放不下對物質短少的擔憂。

當我前往機場時，這些上演多時的內心小劇場仍在腦中盤桓不去。將行李托運後，坐在候機室，覺察到這陣子因焦慮而升起的強大控制欲，明瞭此時此刻別無他法，只能接受一切將要發生的，才能掙脫束縛，重獲自由之身。

來到學院後，很快便融入一個全新的時空，那些抓得太緊、難以放手的人事物，全都很自然地放下了。時光飛逝，幾週之後，甚至慢慢淡忘了。

某日，我獨自在恆河畔漫步，找一處階梯坐下，凝望有如明鏡般的水面，在朝陽下閃著粼粼波光。憶起臨行前夕，對於生活即將產生變化的恐懼、對金錢及生存的恐懼、對失去課程與學員的恐懼，同時感受著那一份抗拒及執著所帶來的痛苦，以及被迫接受後所迎來的清理與釋放，而生活始終如眼前的河水般不斷向前奔流，片刻不歇。「流動」是生命最自然的過程，萬物皆無法長久滯於一處。已然消逝的就該勇敢放下，而初來乍到的則試著敞開胸懷、欣然迎接。不再掙扎，學會收放自如，日子才能過得鬆一點、緩一些。

在學院期間也參加多場「火供」（Yajna），大家圍坐在火壇前，聆聽或跟隨祭司唱誦。在每一段結束前，將祭料（Sāmagrī）以及酥油（Ghee）送進火中，齊聲唸著Svāhā，即是「我真心誠意供養，歸伏」。每當進行儀式時，我都會觀想內在糾結的心思，隨著手中的祭料一起投入熊熊大火。原本黑暗、蒙昧的一切，全都轉化成光與熱，迎來新生、光明和平靜。

我很喜歡火供最後一天結束時，大家一起持誦的〈圓滿頌禱〉：

Om pūrṅamadaḥ

pūrṅamidaṁ

pūrṅātpūrṅamudacyate

pūrṅasyapūrṅamādāya

pūrṅamevāva-śiṣyate.

Om śāntiḥśāntiḥśāntiḥ.

禱詞的意思是：「那是圓滿，這是圓滿。圓滿來自圓滿。從圓滿中取出圓滿，剩下的還是圓滿。嗡，和睦，和睦，和睦。」（石宏譯）

每當事情的發展不合己意時，我們總會感到空缺、失落，然而陷於傷痛之中，只能窺見某些狹隘的面向。若能從更宏觀的角度觀看，每件事的發生都是有原因的，即使結果不符期待，我們仍能從中不斷學習、成長。不急著做結論，而是將時間拉得長一些，多年後回首，才能發現曾有的傷痛，已然化為滋養巨木的沃土，一切皆已圓滿了。

回國之後，那些行前所擔心的事，全部都發生了。但經過抽離與沉澱的我，卻是第一次不心生憂慮，能夠坦然自在地迎對，甚至對於行程的改變感到十分快樂。

雖然有些課程停開了，卻挪出充裕的休息時間，不再總是趕路。猶如在和煦的春風拂過後，庭園已然擁有不同的風景。放寬心，滿懷祝福地放下凋零的殘花，再輕輕拾起落在腳邊的各色花瓣，放在掌心嗅聞片刻，感受純然的芬芳。接著，繼續澆灌枝頭上含苞待放的花朵，卻也不忘留點時間，心坐於園中賞花、歇息，享受無事一身輕的悠閒時分。

我這才領會，許多恐懼都與事實無關，當事情真的發生時，並不會令人恐懼，心所製造的情緒和幻想才是恐懼真正的源頭。

唯有釐清方向、懂得取捨，適時放下牽絆及誘惑，並對自己的欲望與恐懼保持覺知，才能活得更飽滿、更有力量。

從印度回來之後，我也開始頻繁地整理房間。想來是在印度經過內在的翻新，於是希冀外在空間也能煥然一新。

初時先丟棄了牆角堆積如山的紙箱，接著環顧室內，發現許多物品已有多年未曾使用，甚或早已故障，卻從未想要處理它。平日視而不見、習以為常的擺設，若是帶著反省的思維進行檢視，便會發覺該要著手清理了。

我一邊收拾，一邊想起瑜伽大師斯瓦米．韋達曾說，淋浴時要懷抱虔敬之心，猶如為自己洗淨俗世的塵垢。要存想，淋在身上的水和從聖山流出來的靈泉，兩者並無不同。若能心存這樣的態度和覺知，淋浴就不只是洗淨身體、除去汙垢及汗水的行為，也能洗滌心靈，全面改變思想的模式。

沐浴的同時，只要藉由觀想，便能同時洗滌身與心。那麼當我進行大掃除時，帶著歸整內在凌亂的意圖，就能讓身心同享清淨。

當我在丟棄舊物時，想到養成囤積習慣的原因，或許是心中充滿恐懼，以及諸多放不下的人事物。當內心裝滿無法消化的情緒和情感，即使無法喘息，卻也難以割捨，更無從逃離，只能枯坐在成堆的舊物與記憶的霧霾之中，進退兩難。

但若帶著一顆願意改變的心，便能透過整理，將內、外在空間慢慢清空，不再堆積雜物。

帕坦佳利在《瑜伽經》也提到「勿貪」（Aparigraha）這條戒律，提醒我們不要對身外之物上癮或起依賴心，不貪圖超乎自己所需要的。在收拾的過程中，也發覺房內積聚不少用不到的東西，以及購買、囤放過多的生活用品。讓我反思這份占有物品的習性，或許能在生活中做出改變，不但要降低物欲，也得適時進行斷、捨、離，並更樂於分享，無論是物質或者情感皆然。

在長達兩週的掃除期間，收到好友送來的二手瑜伽服，換上後，成為合身漂亮的新衣服。望著鏡子，想起自己曾接受許多師長、朋友及廠商慷慨贈予的衣物，於是也整理出一批多年未穿的瑜伽衣褲，然後上網徵求受贈者。後來接到許多迴響，最後共贈給六位朋友。

當我將最後一件瑜伽服放入箱中，想起這件上衣是我的第一位瑜伽老師所贈，我非常喜愛且穿著它練習多年後，如今繼續把愛傳下去，給予下一位有緣的朋友。

拿起膠帶封箱時，想起當時收到這件二手衣的愉快情景，不禁漾起笑容，感受那份歷久彌新的溫暖與祝福，然後環顧四周，房間真的整齊、清爽多了。放下心中的沉重包袱，期許生活能更樸實、簡單，並堅定地朝向更純粹的目標邁進。

身心靈探索之旅

面對真相，才能獲得真正的力量，
活化生命的每個層面……驀然回首，
將會發現自己變得更強壯了。

瑜伽老師總被賦予著健康、陽光的形象，教導學員如何鍛鍊身心及建立正向的生活態度，並陪伴學員攀爬、探索內在的每一座山峰。

我常在課堂上遇到一些很勇敢的學生，他們有著先天或後天的不便，抑或因病開刀後，在醫生的囑咐下來到瑜伽教室，重新展開鍛鍊。

當他們來到課堂，我總是盡力協助他們，找到屬於個人最好的練習方式，同時他們也是我的老師，在一起解決疑難的歷程中不斷嘗試，這些互動總能充實、拓展我的經驗，同時也讓我看見生命的韌性，以及面對恐懼和困難的勇氣，跌倒了再站起來，永不放棄，每一位都是值得敬佩的勇士。而在課後交流時，我總不斷鼓勵載浮載沉的他們持續練習，終能窺見生命的光亮，因這也是我曾走過的生命歷程。

有時在課程結束前，我會引領學生做「系統放鬆法」的練習。躺在攤屍式，從頭到腳，逐區鬆懈全身肌肉的緊張，不到三分鐘便鼾聲大作。他們在下課後總是說，雖只睡了十分鐘，但在放鬆狀態下入睡的效果，實在「滋補」無比，好似已睡了數個小時。

某天在「瑜伽睡眠」的課堂上，我一邊出聲引導，一邊進入靜坐的狀態，跟著大家一起逐步放鬆身體，最後，師生皆處於深沉的靜定當中。

坐於暗室裡，我忽然想起十七歲時，便陷於抑鬱及睡眠不佳的症狀，於是尋求醫療及諮商的協助。服藥的過程讓我常感昏沉，也全然不知如何放鬆，情緒低落的狀況一直難以改善，於是醫生安排我去做「生理回饋」（Biofeedback）的放鬆訓練。

治療師讓我躺在一張柔軟的沙發椅上，連接腦波儀、指溫儀等測量器材，然後要我閉上眼睛，以平靜而輕柔的話語聲，指引我將意念放在呼吸上，接著從頭到腳放鬆身體。

對於環境總是保持警覺的我，不太容易在陌生的空間入睡，但那時的我當場睡著了！甦醒之後，全身輕盈許多，沉重的心情也一掃而空。那是我第一次了解「覺知呼吸」對於身心放鬆，竟有如此重大的影響。

在那次經驗的六年之後，才開始規律練習瑜伽。原本不愛運動的我，透過體位法練習變得健康起來，原本的痠痛、胸悶、失眠也消失無蹤。堅持一年後，再也毋須倚靠藥物入睡。當身體打開，壓抑在心中的恐懼、焦慮漸漸獲得釋放，跟隨老師的口令，一吸一吐，沉浸在停留時的安定與舒適之中，在每一個當下穩穩扎根，同時也在每堂課的大休息，學著將所有的壓力、哀傷、痛苦都隨著吐氣，交給地板。

「每個吐氣都要吐盡，如同我們願意全然放下，將心淨空，才能給予下一個吸氣更多空間，盛裝更美好的事物。」我一直將這份感動深植心中，日後見到學員在練習前愁眉不展，頻頻抱怨身心不適，下課後卻是春風滿面、如釋重負，完全判若兩人，都會讓我滿足不已，這也是我持續分享瑜伽的理由。

後來，我在喜馬拉雅瑜伽傳承裡接觸到更多的放鬆訓練，同時也學習靜坐之道，還在印度瑜伽學院的實驗室裡，進行靜坐時的腦波評估。當醫生再度幫我接上腦波儀，量測呼吸及肌肉放鬆的程度，雖身處與昔時類似的情景，然而十幾年後的我，已更能掌握放鬆的方法了。

瑜伽大師斯瓦米．拉瑪在討論呼吸的課題時曾說，一般人的呼吸常會犯四個錯誤：短淺、不勻、有聲、停頓，這會造成心跳過快、擾亂肺臟的活動及所對應的迷走神經，甚至造成心臟方面的疾病，也會導致情緒不穩及身體不適。因此無論是在體位法、調息法、靜坐的過程，甚或是日常生活，都需要不斷觀照呼吸，從而控制自己的感官，才能降低外在世界對於心靈的種種干擾。

當我們放下努力和期待，活在當下、心無旁騖地行動，就能感受放鬆。而每當要結束一堂瑜伽課時，我會發自內心地祝福學員，終能尋得內心的平安，猶如我十幾年來的探索與蛻變一般，依循適合自己的方式，充滿彈性與力量地面對生活。

在求學期間，我曾接受過心理諮商數年。這些諮商師不但讓我暢所欲言，還引導我從主觀的角色中跳脫出來，用客觀的視角審視自己在每個事件當中的情緒、念頭和想法，並在述說中重新詮釋、賦予事件全新的意義。經過縝密的解析，在經驗裡得到啟發，原本的「壞事」全都成為幫助我成長的「好事」，從中獲取轉化和昇華，不再耽溺於覆頂的情緒巨浪之中。

透過諮商師的協助，我愈來愈認識自己，並接受人格特質中每個不同的面向。當有不舒服的感覺出現，也能更快地察覺到，並採取接受的態度，不再嚴厲地批判自己，迷失在內在風暴當中，怨天尤人。

猶記得我的最後一位諮商師，在我精確地分析完自己在某個事件中的情緒，還喜孜孜地談論從中學會的事，他用讚許的眼神看著我說：「我覺得妳一定會好起來，因為妳已經找到了自己的力量。」

果然，在經歷七年的藍色憂鬱後，我終於破蛹成蝶。初時仍搖晃不定，而後遇見瑜伽，藉由練習再度站穩腳步，並產生莫大興趣。深研多年之後，如願成為一位瑜伽老師。

每當回首曾經走過宛如地獄般的漫漫長路，好似已是上輩子的事了。當我歷劫重生之後，過去的經歷也讓我今日的教學擁有純然的力量，得以同理和陪伴每一顆破碎而疲憊的心。期許自己能活在愛裡，並分享此愛，做為一個寧靜的管道，將光傳進許多人的心中。

帕坦佳利在《瑜伽經》一書中，介紹諸多實際能幫人控制心和心的種種作用的方法，其中一項即是「自我研習」(Svadhyaya)，這跟當時諮商師陪同我所做的練習非常相似。斯瓦米．拉瑪解釋：「我們的內在有很多既輝煌而奇妙的層面，若你能了解自己的思維過程，而且能夠越過它進入潛意識層面，就會發現內在世界遠勝過外在世界。」在真正認識自己之前，我們都是一群徘徊在外、無「家」可歸之人，唯有深入研究自己的本性，包括行為想法、情緒、欲望，才能了解自己的慣性與思維，將心力從外導向內，知曉心的本質，回歸心家。

我也經常在書寫的過程中，發掘事物所擁有的多重面向，不同於初次迎接時的短淺與粗糙，每件事物的背後都有訴之不盡的豐富意義，若是失去觀察與沉思，它將迅速萎縮在記憶及表象之中，十分可惜。然而經過一段時間的沉澱後，不可言說的深意便能被緩緩揭示，那將是滋養生命最好的養分。

瑜伽大師告訴我們：「每一個事件都是生命之母所精心設計的，為的就是讓我們得到成長。」這個世界即是人們心念和意識的投射，生命中的一切都出於自己的建構，因此我們責無旁貸，必須為自己的每個想法、感受、快樂和痛苦負責。

受苦是必須的，若受得不夠，不足以讓人想奮力改變，那麼這苦就非常必要。直到某天來到臨界點，終於發自內心想做出改變，覺醒才有可能發生。

在啟動改變的過程，我們將會重新喚醒自身的力量。剛開始勢必非常困難，因為做為一個自認為被加諸苦難的人，會感到一切都是別人的錯，自己並不需要承擔責任，或從未意識到這個苦是需要由自己負責的。

但若能冒險跨出第一步，做出不一樣的選擇和行動，一切都將不同了。新的力量將會從心萌芽，意識到要獨自扛起每個抉擇的擔子，而不再埋怨別人搞砸了自己的人生。

面對真相，才能獲得真正的力量，慢慢活化生命的每個層面，然後在某個時刻驀然回首，將會發現自己變得更強壯了。

你所不知的印度瑜伽學院

各種潔淨法、調息法及哈達瑜伽，
藉此清理身心的雜質。
充分淨化，獲得身心靈的平衡穩定。

許多朋友對於印度瑜伽學院的想像，常常是一群「瑜林高手」從早到晚在墊子上拚命「練功」，不斷做出超高難度的姿勢，這也反映了一般人對於瑜伽的刻板印象。

然而瑜伽不只是體位法，在傳統的印度瑜伽學院學習，除了基礎的身體鍛鍊之外，還要參與瑜伽哲學、解剖學、阿育吠陀、梵文等講座，也要學習梵唱（Chanting）、調息法、靜坐，以及一般人較為陌生的「潔淨法」（Sat-karma kriyas）。

二〇一三年，我初次拜訪印度，停留在孟買近郊洛納瓦拉（Lonavala）的Kaivalyadhama瑜伽學院長達一個月，除了進行阿育吠陀療程，還參與了兩週的研習課程。

帕坦佳利的《瑜伽經》將潔淨自己的行為稱作「淨化」（Shaucha）。淨化包括身與心的潔淨，如果心嚮往清淨，自然會對身體的不潔變得敏感。因此，瑜伽大師斯瓦米．韋達會說，許多大師在靜坐時，能夠覺知到自己淋巴組織內的毒素，或是直腸中的廢物並未排除乾淨，這些都會對靜坐造成干擾，所以他們開發出各種潔淨法、調息法及哈達瑜伽，藉此清理身心的雜質。經過充分的淨化，我們的心念就能從粗鈍轉為細微，獲得身心靈的平衡穩定。

傳統的潔淨法共有六種，我們最常練習的是「鼻通道潔淨法」（Neti），此有兩種進行方式，一是「線串潔淨法」（Sutra Neti），過去是用棉繩，現在則是用橡皮管，從鼻孔塞入細管，慢慢深入後，再從咽喉拉出來。二是「鼻腔沖洗法」（Jala Neti），將洗鼻壺（Neti Pot）裝滿溫鹽水，側著頭從單一邊的鼻孔灌入，再由另一邊的鼻孔流出，接著再對水槽噴氣，將水分充分排出。溫鹽水能洗去鼻內的黏液和灰塵，清潔鼻部至喉嚨間的竇孔，強化呼吸系統。

每天晨起後，我們立即攜帶自己的潔淨用品，保持空腹前往Kriyas Area集合，這是一間特別供學生練習潔淨法的小屋，裡頭設備齊全，每個人都能分配到獨立的盥洗台，在聆聽老師的解說之後，展開實作。

最初在練習「線串潔淨法」時，我對於把橡皮管插進鼻孔內感到恐懼不已，而且往往卡在一半便再也穿不過去。雖然感到挫折，卻也激發我的鬥志，經過鍥而不捨的嘗試，逐漸習慣管子在鼻部活動的感覺。一個禮拜後的某天早上，終於克服萬難，張著嘴巴將橘色的管子順利從喉部取出，感動幾欲流淚。在旁不斷鼓勵我的Neeraji老師也興奮地拍手叫好。

另外，我們還練習了「上消化道潔淨法」（Vaman Dhauti）。事先準備約一〇〇〇至一五〇〇cc的溫鹽開水，以蹲姿快速喝完，接著保持站立並讓身體前傾，開始催吐。我對於塞橡皮管頗不在行，但卻是嘔吐高手，操作起來得心應手。此法有助於身體清除多餘的黏液，古時的瑜伽士以此法改善氣喘及消化功能。

老師也為我們示範較進階的潔淨法，例如Vastra Dhauti是將長條狀的白色紗布慢慢吞進肚子裡，然後再進行「滾胃法」（Nauli），可按摩腹部與內臟器官，增進消化系統機能。猶憶Neeraji老師手持紗布，露出一口白森森的牙齒，燦笑著說：「這是巧克力蛋糕。」然後一節節地將長布條嚥下，面不改色，猶如吃飯一般自在，讓我看得瞠目結舌，完全合不上嘴巴。

完成潔淨法後，大家魚貫進入教室，跟隨瑜伽大師Om Prakash Tiwari練習「調息法」（Pranayama）。

Prana所指的不只是呼吸，更是那股維持我們活著的「生命能」，Ayam則是「擴展」的意思，因此Pranayama的練習即是「將生命力擴而充之」，藉由調息擴充生命的動能，並由意守呼吸進入禪定的境界。

經典上所記載的調息法練習有多種方式，對於身心狀態的調節也有不同的效果。譬如「兩鼻孔交替調息法」（Nadi Shodhana），能平衡右脈（Pingala）與左脈（Ida）的能量。右脈又稱「太陽脈」，使我們充滿活力、創意且精神充沛；左脈又稱「月亮脈」，讓我們擁有沉靜、內攝的心靈品質。當我們能結合左、右脈的能量，使其回到中脈，便可獲得深層的寧靜與寂止。經常練習有助消除憂鬱的情緒及思維，返回平和之境，更能從容面對日常生活的挑戰。

「蜂鳴式調息法」（Bhramari）也可安定情緒、放鬆身心。當大家在課堂一起模仿蜜蜂飛翔振動翅膀時所發出的「嗡嗡」聲，持續數分鐘後，混亂的思緒皆拋諸九霄雲外，能夠安坐墊上、如如不動，呼吸也變得深沉安穩許多。

除了實際練習之外，Tiwari老師也會在固定時間替每個人把脈，獲知我們體內風（Vata）、火（Pitta）、水（Kapha）三種生命能量的狀態，同時也利用五天的時間，在固定的四個時段記錄自己左、右鼻孔的暢通狀況，並填寫「阿育吠陀」能量屬性的評估表格。在課程結束時，老師會依據個人體質與當前的身心狀態，幫我們量身訂作調息法的練習內容，做為自我練習方針。

當時前往印度，我還千里迢迢地帶了一把烏克麗麗，為的是跟其他老師們一起為梵唱課程伴奏。

我們最常練習的梵唱就是OM，也是瑜伽課堂開始與結束前的唱誦。梵唱的內容多來自於梵文經典，源於宇宙與大自然原始存在的聲音。在充滿能量的音頻震動中，能達成專注、放鬆與療癒的效果，同時也可淨化身心、消除負面情緒，表達內心的崇敬及感謝。

在台灣勤加練習之後，來到印度彈起烏克麗麗，大家一起齊聲高唱〈蓋亞曲〉（*Gayatri*）、〈我向濕婆神頂禮〉（*Om Namah Shivaya*）、〈摯愛的您〉（*Tvameva Mata*）、〈願所有的人都快樂〉（*Sarvesham*）等曲目。彈唱的同時，也思憶歌詞的神聖意涵，虔心感受樂聲所帶來的力量。我們也透過事前編曲，讓樂音時而莊嚴高昂，時而歡欣鼓舞，時而輕柔抒情。每回大夥兒總唱得欲罷不能，離開教室後，雖保持靜默，嘴角仍泛著笑容，在心底繼續哼著歌，任由樂音伴隨入眠。

而在每天傍晚，我們都會去僧侶校長Maheshanandaji的小屋參加「火供」，接受梵唱與火的淨化。每每結束許久，莊嚴寧定的氛圍依舊，有時眼眶微微溼潤，散亂的心思也變得集中而平靜。

在火供儀式中，我最喜歡唱誦的是〈摩訶戰勝死亡神咒〉（*Tryambakam*）。一邊吟唱，一邊將悲觀的思緒投入熊熊大火中燃燒殆盡。透過反覆唱誦，重新喚醒內在的智慧，擁有行動與放下的勇氣。誠如歌詞所言：

Om Tryambhakam Yajamahe Sugandhim Pushtivardhanam
Urvarukamiva Bandhanan Mrityor Mukshiya Maamritat

嗡，奉彼三眼尊，香馥益增長，如瓜熟蒂斷，脫死得永生。（石宏譯）

在Kaivalyadhama學院期間，Tiwariji也邀請我們這群遠道而來的外國學生到家裡作客，品嘗蔬菜餅、麵包和豆子沙拉，以及香醇濃郁的香料奶茶。領受大師的悉心關照，胃暖心也暖。

飯後，大夥兒聚在客廳以梵唱做為餘興節目，在嘹亮歡愉的齊唱聲中，Tiwariji靜靜坐在一旁慈祥地微笑著，像個外公般滿足萬分地凝望膝下孫兒，眼神宛如陽光般慈祥、溫暖而明亮。

阿育吠陀之旅

阿育吠陀療法目的在於清除體內的毒素，並使身心重獲滋養。

在二〇一三年底體驗為期十三天的療程。

阿育吠陀（Ayurveda）是印度的傳統醫學，Ayur意為生命，veda是知識、智慧，與瑜伽有密切的連結。吠陀醫學源自於四部古老而神聖的吠陀經典，提及身體的各種疾病皆源於五大元素（地、水、火、風、乙太）的失衡，當人們因不當的生活型態、長期處於壓力之中、過於勞累且欠缺適度運動，即會導致錯亂、非自然的狀態，打亂生命能量的運行。而無法消化的食物和情感也會成為「毒素」

（Ama），造成不穩定及緊繃的感受，甚至產生疾病。因此，阿育吠陀這門學問旨在教導人們遵循自然法則，回歸身心靈的和諧狀態。

Panchakarma即是阿育吠陀療法，目的在於清除體內的毒素，並使身心重獲滋養。因對阿育吠陀很感興趣，於是我在二〇一三年底，前往印度洛納瓦拉的Kaivalyadhama瑜伽學院，體驗為期十三天的阿育吠陀療程。

阿育吠陀認為生命能量（Dosha）有三種：風、火、水。「風」是輕冷、堅硬而乾燥的能量，「火」是熱而靈敏的能量，「水」是油膩、潤滑、穩定的能量。這些能量的組成比例是與生俱來的，影響著我們的身心狀態及外在行為。

簡而言之，「風」能量較多的人，具有敏捷的心靈及創造力、行動迅速，但較易情緒不穩、畏寒、皮膚乾澀、便秘、疲憊、淺眠。「火」能量較多的人充滿勇氣及熱情，常有批判性的思考，且容易饑餓、空虛、焦躁不安。「水」能量較多的人身形強壯、性情穩定、思考及動作緩慢，易於發胖、怕熱、經常缺乏信心、感到憂鬱。我們或許不只呈現單一生命能量，也可能同時擁有兩至三種的生命能量特質。

來到學院之後，阿育吠陀中心的醫生Jagdish每天都幫我們把脈，測知三種生命能量的活躍狀態，並針對不同的體質（Prakriti）及失衡狀況，提供最佳的治療方針。

每天早晨，Jagdish集合所有參與療程的學員及理療師，親自帶領一段優美的梵唱，每每聆聽，內心都充滿溫暖與力量。接下來，便分頭前往各自的小屋進行療程。

我的理療師是一位年輕纖瘦的印度女孩Akanshar，第一次的治療是「草藥油按摩」。除了軀幹部分，有時也會安排頭部、腳部及臉部按摩。用加熱後的油按摩全身，能祛除體內過多的熱與風能量。當身體的熱與風過多時，可能導致關節僵硬和疼痛、皮膚過敏及情緒不穩。

Akanshar初次觸碰我的皮膚時，我才發現自己竟如此怕癢，一直不斷發笑。當我侷促不安時，她便會停下來，等我準備好再重新開始。搔到癢處，我總是咬牙忍耐，但有時還是忍不住對她說：「這個地方我可以自己按嗎？」Akanshar露齒而笑，轉著脖子，搖了頭又再點點頭，分不清究竟是好還是不好，然後握著我的手，指導我如何操作。

只要是有關按摩的療程，我都不由自主地處於戒備狀態。這樣的情況直到一週後，彼此建立了信任與友誼，我方能把身體完全交給她，享受放鬆的油浴。

通常按摩結束後，會進行蒸氣浴。此時從箱中探出一顆頭的我，總會安心闔上眼，沉浸在溫暖舒暢的氛圍之中。

另一項對我來說很是挑戰的療程是「滴油療法」（Shirodhara），這是一種把油滴在額頭上的治療，能夠使大腦平靜，改善焦慮及睡眠問題，是許多朋友的心頭愛。

然而，當油液初次順著長髮而下，我突然感覺頭變得很重，不斷向下拉沉，就像溺水般難以呼吸，讓我有些害怕。於是便緊握Akanshar的手，直到再度睜開眼，好似從另一個時空回到當下；這個症狀直到後期才稍有改善。

另外我最常做的還有「鼻腔療法」（Nasya），用法是以鼻大力吸入草藥油，有時也吸進摻有薑黃及藥草的煙霧，可潤滑鼻腔、減輕腦部的緊張，以及排出鼻竇及喉部過多的黏液，重拾清澈的思緒與穩定的呼吸。

每當硬著頭皮來做這個很「嗆」的治療時，Akanshar總是不斷鼓勵眉頭緊皺的我：「加油，再吸一口，還沒有進去，再吸深一點、長一點！」

至於我最喜歡的治療，莫過於「甜甜圈系列」（Basti）。這個療程是把麵團搓成長條形，再圍成圈狀，放在頸部、背部、眼睛、心臟及膝蓋等部位，最後淋入溫暖的油，並停滯一段時間。

Basti是膀胱、容器的意思，用以維持液體於其內一段時間後再排出，以深度放鬆肌肉和關節。

每當Akanshar將冰涼的麵團放在我的身上，並澆滿熱油時，我總是全身酥軟，舒服得幾乎進入夢鄉。其中最有趣的莫過於「眼部甜甜圈」，用麵團做一個小水壩，當眼部周圍充滿黃油後，Akanshar要我睜開眼，此時所見盡是一片黃澄澄的世界，然後她引導我轉動眼睛，使眼部獲得充分滋潤。結束後，視物更為清晰明亮，精神也更好了。

在治療中期，我還接受了「灌腸療法」（Oil Basti）。Akanshar要我先側躺，然後將治療油直接灌入腸道和結腸，以達清潔及滋養的效果。當我驚魂未定地離開後，還得保持提肛的狀態，儘量不要活動，以讓藥油能停留在腸裡一段時間，最好也鋪上衛生棉，以免「漏油」。

接受阿育吠陀療法期間，每天都是「油裡來，油裡去」。成日用毛巾包裹一頭油膩不堪的髮，在學院四處晃蕩，進行早午各一次的療程。初時極想洗淨，後來覺得洗了也是徒勞，就乾脆不洗，因為馬上又要接受「油」的洗禮了。

除了按時跟理療師碰面，也必須參加瑜伽課程，透過伸展、呼吸與靜坐練習釋放身心壓力，增進治療的效果。

我經常前往位於頂樓陽台的瑜伽課，因為半露天的場地能感受陽光的照拂與新鮮的空氣，傍晚時還可一邊練習，一邊欣賞美麗的夕陽，令人心曠神怡。

此外，這段期間要保持規律作息，儘量留在學院不外出，飲食也需特別控制，不能吃生冷的食物、甜食、茶或水果。餐廳還設置一處特別區域給我們，以便給予少油少鹽的飲食，或是依據醫生處方服食草藥。

每天接受各式各樣的療法持續一週，將毒素集中在腸道之後，來到了「大排毒」的日子。早晨醫生在詳細問診及把脈之後，端給我兩杯極苦的草藥。飲下後還沒走到房間，便在路邊噴射式地狂吐起來，於是趕緊臥床休息。接下來幾個小時便在上吐下瀉中度過，直到傍晚才平息下來。Akanshar及同行的老師來探望我時，還帶來無調味的爆米花，讓我餓了便揀幾粒來吃。

雖然腹瀉近二十次，隔天起身，竟是神清氣爽，彷彿昨日的「浩劫」只是大夢一場。

大排毒後尚有幾天的療程，以舒緩、滋養身心為主。而終於適應治療之後，也開始能坦然迎對各種觸碰，甚至能一邊按摩，一邊和Akanshar聊天了。

在閒談中得知，我倆的生日僅隔幾天，於是在Akanshar生日時，我贈她從台灣帶來的糖果、巧克力；而在我生日當天，她也送了我一只雕工細緻的印度手環當禮物。

雖已過了許多年，但每當戴起手環，總會憶起梳著一頭馬尾，笑容甜美，聲音與手勁皆是溫柔而堅定的Akanshar，以及我們之間的美好情誼。

靜默，一個人的旅行

在愛裡治癒，在愛中放下吧！
每個曾經的最痛，都已成為新的力量，
讓我有勇氣行往更遠的地方。

這些年前往印度數次，大都為了進修瑜伽，而第四度回學院卻是為了療傷。

這段短暫的情感關係，精準而銳利地觸探到我最深的恐懼與焦慮，並將生命中諸多未曾處理好的傷痛全盤帶出。恰似一張扎實的魚網，撒進深不可測的心靈之海，撒網後他拂袖而去，留下慘不忍睹、令我一時難以消化的垃圾山，全是原本以為早就放下、遺忘了，內心卻仍耿耿於懷的諸多傷痛。

後來，我才領略到這是一齣上師所精心設計的劇碼，為的是讓我潛抑在內心多年的一切，有機會浮出意識表面，獲得審視與清理，並在一切悉數被掏空的狀態下，心無旁騖地回歸練習。

而當時在毫無心理準備之下，受到劇烈衝擊的我，倏然對於生命中原本理所當然存在的人事物，感到異常困惑，好似從前的衣物套在如今的身上，怎樣都穿不慣，卻也遍尋不著合身的新衣。勉強維持著表面的正常規律，卻日日端詳內在的千瘡百孔，直墜憂鬱低谷，常在獨處時留著淚，渾渾噩噩過了好一段時日。

*

一個月後，在《瑜伽經》講座上遇見好友D，課間聽他講述去年到學院靜默的經驗，忽感該是回去的時候了。

他說：「人與人的相識都是為了圓滿一個緣，譬如因為妳，我接觸了喜馬拉雅傳承，而今天我們在這裡相遇，大概就是要給妳一個回學院的訊息。」

工作坊結束的三天後，我立即決定啟程的時間，並訂好了機票，決定一個人出發，返回學院，好好整頓自己的心。

然而在出發前的一個月，健康每況愈下，幾乎從頭到腳病了一輪。從過年後的流感大燒三天開始，生理時鐘全亂，一個月生理期來了三次，接著大病小病不斷，不斷往返醫院診所，直至臨行前才稍加痊癒。

身子受苦時，心裡倒是很清楚，這些病痛都源於情緒低落不振，但卻仍耽溺在負面情緒中，完全提不起勁來做瑜伽練習。待日後想起才明瞭，這或許也是一種清理，根據累世的習氣量身訂做，必定要病夠苦夠也痛夠了，把該領受的都全都受盡了，才能甘願走向放下的道路。

剛到學院一下車，Medha剛好在辦公室門口，她笑容滿面地朝我過走來，張開雙臂給我一個大擁抱，然後幫我把行李拖到房間。

喜馬拉雅的傳承的根本上師是斯瓦米·拉瑪，Medha長期跟隨之後繼承學院靈性導師的斯瓦米·韋達，並在老師離開身體後，繼續協助現任的精神導師斯瓦米．瑞塔凡。她的身形嬌小，內心卻充滿無窮的力量，總是盡心給予每位訪客無私的愛與幫助。

安頓片刻後，正逢晚餐時間。到了餐廳，見到我的印度乾爹Surendra，他對於我的到來十分驚喜，切了一大塊蛋糕遞給我，並與我閒聊片刻，原來今天正是斯瓦米．韋達的冥誕。我一邊開心品嘗著蛋糕上甜滋滋的奶油，一邊想起適才Medha說，我恰好選了一段非常適合靜默的時間，因為這兩個禮拜學院沒有舉辦任何活動，因此訪客很少，十分幽靜。

隱隱覺得這一切正是上師巧妙的安排，無論內在或外在環境都準備好了，才將我在最好的時機帶回學院。

*

這次住的是單人房，房間比台北的住處要大上一倍，最喜歡房裡那張靠窗的大書桌，小屋後方有曬衣空間，還有一個小廚房。

平時腦子總是轉個不停的我，突然得以放鬆下來，感到非常睏累，跟暈船一樣昏沉，需要很多休息。

學院一般是四點半搖鈴起床，然而初來乍到的幾天起得晚，被蟲鳴鳥囀聲喚醒後，掀開窗簾，讓陽光灑落桌前，梳洗之後，燃一炷香再出門靜坐。學院環境清幽，無人打攪，時間完全屬於自己，生活簡單而享受。

到學院的第三天早上，Medha安排我跟斯瓦米．瑞塔凡會談。待我如女兒的 Swamiji[3]很親切地詢問我的近況，我娓娓道來這段時間的經歷，說到痛處，眼淚不禁撲簌簌地掉下來。

他堅定而溫柔的眼神彷彿望穿了我，靜靜用一雙大手握著我的小手：「這是一個很大的關卡，要走過並不容易。但所有妳曾經付出的愛，最後都會回到妳身上。要記得，我們所有的人都愛妳。好好休息。雖然在過程中會浮現很多情緒，但沒關係，接受它，有需要找我們談談，它會過去的。」

---

3 Swamiji

意即修習瑜伽之道的出家人、大師、尊者、苦行僧、瑜伽士，在名詞後加上ji是為尊稱，如同中國的孔子、老子的「子」，因此Swamiji即是在印度對瑜伽出家人的敬稱。

聽見這麼溫暖的話語，我又溼了眼眶。Swamiji給我一個長長的擁抱，然後領我到旁邊的靜坐室，親手為我披上印有Saumya及Tara咒文的披巾，並傳授咒語給我，這是傳承家人們未來三年的共同功課。

然後，他遞給我一張圖畫，上頭稚嫩的筆跡寫著We all love you very much，再將幾葉花瓣放入我掌心，並向我解釋，這幅畫是一位名叫Siddhant的男孩送給他的，現在他將這張畫轉贈予我，讓我貼在房間的牆上。

「我們都愛妳。」Swamiji再一次重複，要我記得傳承上師們的愛，我不會獨自孤單面對一切。

稍晚，Medha和我核對靜默日程表，她不斷告誡按表操課的重要性，雖然可保持一些彈性，尤其是剛開始需要休息時，但絕不能一直放任自己，要盡量按表練習，不要猶豫。紀律是修行很重要的一部分，透過規律的練習，如猴子般不斷跳動的心靈才能得到約束，而這份訓練也能使起伏不定的情緒獲得穩定及淨化。

「如果太過放縱，想做什麼就做什麼，不想做就跳過，那還不如去住酒店算了，自由自在，想玩就玩，沒有人管，食物還比學院更好吃。」我聽了不禁噗哧笑了出來，頓時完全被說服了。接下來如果想偷懶，就會立刻想起自己身在修道院，而不是住在飯店，心甘情願收起怠惰玩心，認真練習。

*

在靜默期間，無法藉由說話或其他俗事轉移焦點，是故心內波濤來勢洶洶，情緒及念頭不斷浮出。為了使習於向外抓取的心安靜下來，必須按照時間表進行練習，包括體位法、調息法、靜坐、持咒、放鬆練習等等，並在每一個轉換的空隙保持對個人梵咒與呼吸的覺知。

每次靜默的歷程都不一樣，有時平靜、有時暗潮洶湧，而這回所有昔日隱匿的痛，一一從暗處不斷浮現，但這次我再也不想逃避了，在每一次宣洩與省思後放手，一次又一次，持續不停。

某天早晨，我從五點的早禱就開始落淚，哭了許久都沒法停止。想起老師再三叮囑，如果情緒真的出來了，不要壓抑，也別等到無法控制時才說。

於是我離開教室，天才濛濛亮，到辦公室遍尋不著Medha，後來走到她的小屋前，卻遲遲不敢敲門，深怕打擾到她。太陽尚未露臉，氣溫很低，我坐在屋旁台階一個人不斷流淚，氣自己多年來反反覆覆駝著記憶的擔子，愈來愈沉重且又受盡折磨，為何仍始終放不下？

哭泣許久，感到戶外寒氣逼人，身子有些顫抖，分不清是太冷還是太過傷心，於是伸手將夾克拉鍊拉至最上方，再將帽子裹住頭頸，然後嘆口氣，覺得真是受夠了，再也不想這麼辛苦地活著，好想放下過去所有的苦，用不同的姿態繼續走下去。

抬起頭望見初升的朝陽，無助地合掌向上師虔心祈禱，祈求祂能幫助我能放下那些揮之不去的苦痛。一句句發自內心地說著，承認自己的渺小及力量有限，並願全然交付自己。經過漫長的禱告後，睜開眼，瞬間整個人空掉了，無喜亦無悲，有一種真正被托住，從頭到腳被擁抱的感覺。

早餐前，終於在校園一角遇到Medha。一見到她，我便又哭泣不止。她耐心傾聽我的一言一語，直到我終於安靜下來。

Medha指著窗外說：「我們現在站在二樓，從這兒往下去看前方的草地，跟在一樓所看見的景象很不一樣。妳經歷了這麼多，但若能站在更高的地方觀看，會發現一切都很有意義，也跟站在低處完全不同了。妳會從中發現，這些經驗都是為了幫助妳成長。」

「對，我一直以為我已爬到了二樓，沒想到考驗來了，又不小心摔回一樓，噢不，可能摔到了地下室。」我不好意思地笑了。

她拍拍我的肩頭：「那就是心不夠穩定了，所以要不斷練習。這就是為什麼要修行。讓不好的面向不要影響到好的那一面，並讓好的面向持續彰顯出來。」

「真的好難。只要想到過去發生的那些事，就會不由自主地難過。」我忽又有些沮喪。

「上師會給我們剛剛好的保護和支持，也會給我們剛剛好的功課及試煉，不多也不少，爲的是幫助我們成長、淨化。」她頓了一下，接著說：「妳要把腦中不斷重複的負面咒語，換成『感謝上師給我的功課，讓我能夠進步』，每次難過的時候，就想一遍，慢慢地妳的咒語就會改變了。」

她的這席話，就像棒子重重打在身上，讓我驀然醒了過來，瞬時跳脫難以突破的強迫性思維，甚至有些困惑，為何這段時間會自我折磨成癮。我再度清楚意識到如何詮釋這些經驗，本就有不同的選擇，完全出於自由意識。

結束兩個小時的對談之後，心好似有些不同了，緊捆的繩索終於鬆開。沿著小徑走回房間，腳步輕盈，再次被上師的愛緊緊包覆。大概也只有沉落得這麼深，生命許多曾經破損的創口，同時又爆裂開來，身心不由自主地往下墜落之際，無法掙扎思考，才能在靜默中，敞開心胸去領受這份純粹而深刻的愛吧。

在一切緩緩沉澱之際，感受生命的每一個轉折，那些不盡如人意的，甚至充滿傷害、刺痛的過往，都只是一個過程，為的是將我帶往另一處更好的地方。

即使事件發生的當下，所有外在的展現都很殘酷，令人感到絕望和無法承受的痛楚。但當在靜默中，站在更高的視角，凝望這些年所發生的一切，每個辛苦的轉折和艱難的決定，似乎都早已註定，而經過這些，我也成為更加成熟、有力量的人。

在每一個事件的最深處，都藏有上師的愛與祝福，祂帶我在該走時走，去該去的地方，那都是源於愛。於是我告訴自己，在愛裡治癒，在愛中放下吧！每個曾經的最痛，都已成為新的力量，讓我有勇氣行往更遠的地方。

當天半夜，睡到一半突然驚醒，聽見腦中闖入一個異常清晰的聲音：「籠子的門已經打開，但要靠你自己走出來。」我醒覺地躺在床上，眼淚直流，動彈不得。這句話反覆在呼吸間迴盪，接著想起Medha再三告訴我：「這次上師把妳帶回學院，教導妳、看顧妳，但祂能做的，也就僅只如此。要進步，或者退回原來的思維，由妳自己決定。」

於是，我咬牙爬起來，跨越這最後的臨門一腳，決心不再作繭自縛。

待情緒平緩後，這才較能進入靜默的軌道。而說起這回練習最大的收穫，是發現自己從未放鬆過。

*

關於放鬆這件事，有著無窮的層次，放鬆之後還能更放鬆，永遠都能再放鬆一些，似是沒有盡頭。同時也很容易自己騙自己，以為放鬆了，但並沒有放鬆，猶如沒吃過巧克力蛋糕的人，無論別人用語言形容蛋糕有多麼地好吃，他只能用自己有限的經驗來想像，但始終沒嘗過，就真的很難了解蛋糕的真滋味。

靜默練習會帶出很深沉的疲憊感，有些人要先睡個好幾天才能開始靜默，而我這回幾乎連續十天都處於極端疲勞的狀態，就像病了一樣。但我知道那不是真的病，而是當腦袋跟身體終於什麼都不用做了，也沒有工作、電腦、書本、手機，無處轉移注意力，只能好好跟疲勞共處。

每天早上跟下午，我會按照表定時間做放鬆練習。

剛開始幾天，把系統放鬆法、點對點、三十一點、六十一點、Om kriya[4] 等全部都做了一輪，想說正好複習一番。但後來Medha知道了，建議我單純一點，選一種練習來做就好，因為靜默需要的是規律與靜定，不要再跳來跳去了。

於是我聽從指示，選擇其一做爲每日的固定練習。某天早上練完後，感到困倦不已，於是又睡了半小時。醒來後，感覺原本壓住頭腦的沉重鉛塊，突然全部被抽掉了，腦子猶如被清水淘洗過一般，清醒無比，好像已經很多年未能如此放鬆過了。

我在心中默默感嘆著：「唉，這才是放鬆嘛。」

接著出門繼續靜坐、持咒。當我鋪好墊子端坐後，閉上雙眼，正要集中精神時，因為適才的鬆弛經驗，讓我在一剎那，領會到自己一直以來都是很用力地專心，從來沒有放鬆地做過任何練習。

這大概是多年來，第一次感受到在專注中緊繃與放鬆是有多麼的不同。於是

4系統放鬆法、點對點、三十一點、六十一點、Om kriya喜馬拉雅瑜伽傳承所教授的放鬆練習（Relaxation Practice），在攤屍式中進行不同的觀想法門，遵循一定的先後次序，由淺入深、由粗入細，逐步達成清醒而放鬆的意識狀態，最後進入瑜伽睡眠（Yoga Nidra）的境界。

那一整天，我不斷切換、試驗、觀察，像是遊戲般地玩耍著，並感覺心進入了更加細微、清晰、敏銳的層次。

後來在能開口說話後，我告訴Medha，當時好似又被棍子重重敲了一記。這次在學院不斷被棒打，彷彿有人不斷告訴我：「孩子，不是這樣。」讓我放下過去的經驗，再給我一點又一點的指引和滋養。這真要感謝上師的恩典。

「我這輩子從來沒有真正的放鬆過，那些自以爲的放鬆都不是真的。真不知道我以前都是怎麼靜坐的。」我像發現新大陸一般地陳述著。

因為沒有放鬆，停留在粗鈍、收緊的狀態，所以我未曾好好的呼吸、靜坐，或者做體位法。因此可以說，我不會呼吸、不會靜坐，也不會體位法，什麼都不會。

她點點頭：「也不會吃飯、不會走路、不會睡覺，是吧？」

「是，因此我真的什麼都不會，什麼都不懂，我從未真正練習過瑜伽。」我望著她身後的斯瓦米．拉瑪的畫像說出這段話。

「沒關係，就把自己當成一個什麼都不會的人，全部打掉重來，也很好。」

Medha回答。

直到此時，我才真正了解到，為什麼「放鬆」是喜馬拉雅瑜伽傳承所有練習的根基。

然後歸零，把自己當成一張白紙，重新來過，也讓我驀然放鬆了。

*

另外值得一提的是，學院每天早上九點是「業瑜伽」（Karma Yoga）時間，Medha派給我的是掃聖母廟、希瓦廟外面的空地和階梯的工作。

她說，圍繞著廟宇周邊的一大片區域都是由她負責，掃地是她多年來很喜歡的修行，常常一邊掃，一邊持咒，心便也安靜了下來，想讓我也體驗一下。

我其實不太會掃地，大概是目前住在約莫七坪的小套房，平常都用紙膠捲筒直接黏灰塵，很少使用掃把。

而印度的掃把跟台灣的不一樣，拿起來有點重量，因此第一天我在烈日下掃了整整一個小時，除了掃把不太好使，還很不放心地不斷回頭檢查是否有掃乾淨。回房後不但汗流浹背，臂膀也痠疼不已。

某次Medha遠遠地觀看我掃地，不久後她走過來喊道：「Phoebe，不是這樣。」然後很豪邁地抓起掃帚，示範給我看。

她說：「妳要果斷一點，手要鬆，然後有力地往旁邊揮過去。心要強壯、有信心一點。不要猶豫，放開些，就像這樣！」呆望著身著白衣的她，刷刷地拿著掃帚往前開路，將前方的塵土、草根飛快地揮往兩側的泥地。這一幕令我產生錯覺，她手上握的不是掃把，而是利劍，猛然拔劍出鞘一揮，倏地斬斷無數亂麻。

我頓時領略到，自己的個性太過小心謹慎、優柔寡斷，經常當放不放、拖泥帶水，以致老是思緒紛雜、充滿擔憂。

Medha教完後，就離開讓我自己練習。有時見到她在打掃，我也會站在一旁默默觀察。每天掃著掃著，慢慢掌握了訣竅，一邊掃，一邊觀照呼吸，或者有節奏地持咒，配合手部跟腳步動作。愈鬆愈快、愈鬆愈有力，而放手才能夠鬆，而鬆了之後，心便也靜下來了。

後來每天靜坐時，都會想起用最少的力量握住掃帚的感覺，如此輕盈卻仍充滿力量，而非緊緊抓住一切，好像很專注，卻是把自己困在緊繃當中。把這樣的覺受帶進練習裡頭，不斷檢視，真是令我獲益無窮。

在每天的灑掃中沉思，也讓我悟到不少事。首先掃地必須由內而外地掃，因此行進路線是很重要的，如果由外而內掃，或者只掃外而不掃內，那真的會愈掃愈髒。其實瑜伽練習也是一樣的，要有一定的步驟，倒過來是行不通的，要知道該怎麼掃心，才會乾淨。

經常掃到後來，手瘦了，終於無法再用力，逼不得已放鬆了肩膀、手臂和手腕，突然變得好掃許多。原來掃地不是搬磚頭，用的是巧勁。調勻呼吸，順向左右擺動，要放鬆、專注，而不是過度用力，這跟我們練習體位法、靜坐、呼吸的道理也是相通的。

今天的地掃了又髒，明兒個髒了又掃，心也是如此，這不就是內在的修行嗎？有時特別髒，可能因為工人剛除完草，或是風大吹落許多葉片，有時較爲乾淨，但也不能不掃，積少成多的髒汙也是很可觀的。有時也沒什麼道理，就是髒，但不用追究原因，掃，就是了。

掃地這件事不可能一勞永逸，地只要擺著就會髒，髒了就要掃，沒啥好商量，也不可能掃一次就永遠乾淨，因此無論掃地還是掃心，規律地掃，絕對是重要的。

掃了幾次也發現，有些死角特別容易藏汙納垢，就像我們人格中的弱點，既然知道了，就必須常常檢視、清理，讓心地常保光潔。

掃地為何是一種修行，真是用心掃了，才會知道。

*

在學院裡，每天的狀態都不一樣，有時停滯，有時低沉，有時寧靜。但透過練習，一次次地撫平情緒，慢慢地變得清明、愉悅而穩定。

而在印度的每一天，我也更加明白，為什麼我會一個人來到這兒，而上師又有多麼深愛我，希望我能放手，讓自己更加無畏而自由。

還記得結束靜默的隔天，在校園一隅遇到Medha，她感嘆地對我說：「這次真的是上師帶著妳走啊！祂安排了一切，妳可千萬別再退回去了。」這句話牢牢敲進我心底，回到台灣後，經常憶起這段話，裡頭有著很深的愛與提醒，以及受之不盡的溫暖。

這次回學院的另一個巧合，便是待在這兒的最後一天，剛好遇到難近母祭（Durga Puja）的開幕祭典，接下來數日會連續唱誦聖母的一千個名號，能夠參與實是幸運。

稍晚在聖母廟跟Swamiji拜別，交給他我親手寫的謝卡。他收下後，諄諄叮囑著：「妳要快樂地活著，要記得，妳的天性是光明、自由而喜悅的。」

晚禱後，我也向Medha道別，她在靜坐大廳的上師像前擁抱我：「現在，妳終於能夠發自內心地笑出來了，可見心中的陰霾已經清掉很多很多了。」「剛來的時候，我是什麼模樣？」我抬頭問。她想了一下說：「很沉重，整個人都縮起來，笑得很勉強。」我眼中有光，報以燦爛一笑。

我們需要知道的很少，但練習的道路卻無比綿長。生命中還有很多需要練習的，不過，我終於可以開始練習了。

離開學院的當天凌晨，天還沒亮就起床，把行李跟房間整理好，然後到靜坐大廳坐一下，再去聖母廟跟希瓦廟一趟。當我祈禱時，剛好遇到祭司走出來，他微笑著把火盆遞到我面前，讓我在火光中帶著祝福返回台灣。

前往德拉敦機場的計程車飛快地行駛在凌晨空蕩蕩的馬路上。我闔上眼，恍惚之間，憶起某天下午，推開靜坐大廳大門，裡頭空無一人。映入眼簾的是一片昏暗中的上師像，像前點著微弱卻明亮的燭光，猶如一盞黯黑裡的明燈，讓迷路在人間的孩子們不至於失去方向。這一幕深烙在心中，讓我感動不已。

冥冥之中，這份深刻的連結將我帶往各種意料不到的時空，給予需要修練的課題，而後再一次又一次地將我接住、療癒與擁抱。而我在靜默中不斷地感受、領悟這份愛，然後交付、放下，生命終得以淨化，繼續前行。

附錄——和瑜伽相遇

保持靜默的意念，
對自己的言行、念頭保持覺知，
將瑜伽練習延續至一天當中的每時每刻⋯⋯
慢慢地，我終於能安心徜徉在那溫柔的中央灰色地帶，
持續發掘事物的多重面向，
給予自己更多彈性與愛，並且好好呼吸。

上｜沒有完美的姿勢，因為每個人都是獨特的個體……不慌不忙，用適切的速度穩定前進。

下｜大休息看似簡單，卻是瑜伽最難的體位法——「保持清醒而放鬆的狀態」，真是難如登天。

「忘掉害怕！你最多摔在地上，不會摔到天上去！」
恐懼將我們困於情緒的風暴之中，唯有面對恐懼，
才能真正返回當下。

右上｜Swami Rama Sadhaka Grama瑜伽學院一隅。

右下｜能量純然清透的瑜伽學院Sadhaka Mandir Ashram。

左｜漫步恆河畔是在瑞詩凱詩生活最大的享受。

深山中的瑜伽修道院

右上｜修道院內著名的希瓦神廟，具有千年歷史。

右下｜廟外是成排的銅鈴，進出神廟要脫鞋赤足，並以手敲鈴。

左上｜笑容可掬的現任住持Tituji。

左下｜守護修道院的瑜伽上師們。

遠遠望向靜坐石，冥想片刻，感受山間靈氣。

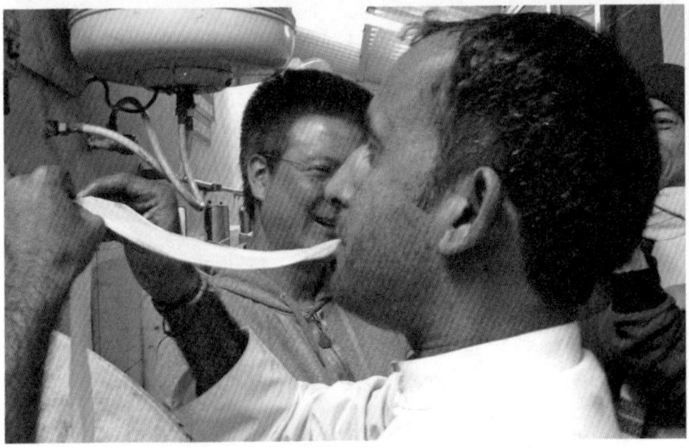

上｜Kaivalyadhama充滿大樹花草的美麗校園。

中｜千里迢迢地帶了一把烏克麗麗，為的是替梵唱課程伴奏。

下｜Neeraji老師示範Vastra Dhauti的做法。

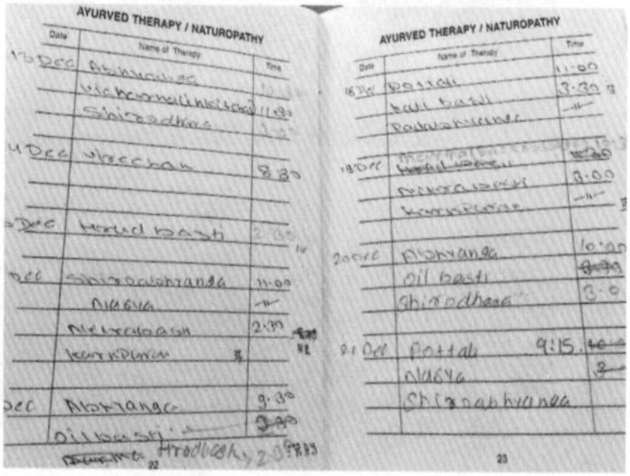

左｜終於來到「大排毒」的日子，早晨醫生在詳細問診及把脈之後，Akanshar端給我兩杯極苦的草藥，要我一飲而盡。

右上｜學院設有多間阿育吠陀的獨立理療室。

右下｜參與阿育吠陀療法期間，詳細記錄療程的小冊子。

上｜卸下老師的身分，回到學院當個單純快樂的學生，把自己整理好，再重新出發。

下｜跟學院精神導師斯瓦米．瑞塔凡合影。

在一吸一吐之間，感受這療癒的寧和氛圍，疲倦與衝突緩緩消融，把我溫柔地帶回當下。我深刻體悟到，只須記得回來，心家的大門永遠為我們敞開。

天然軟木瑜珈墊，肌筋膜放鬆神器，來自天然的奇蹟！

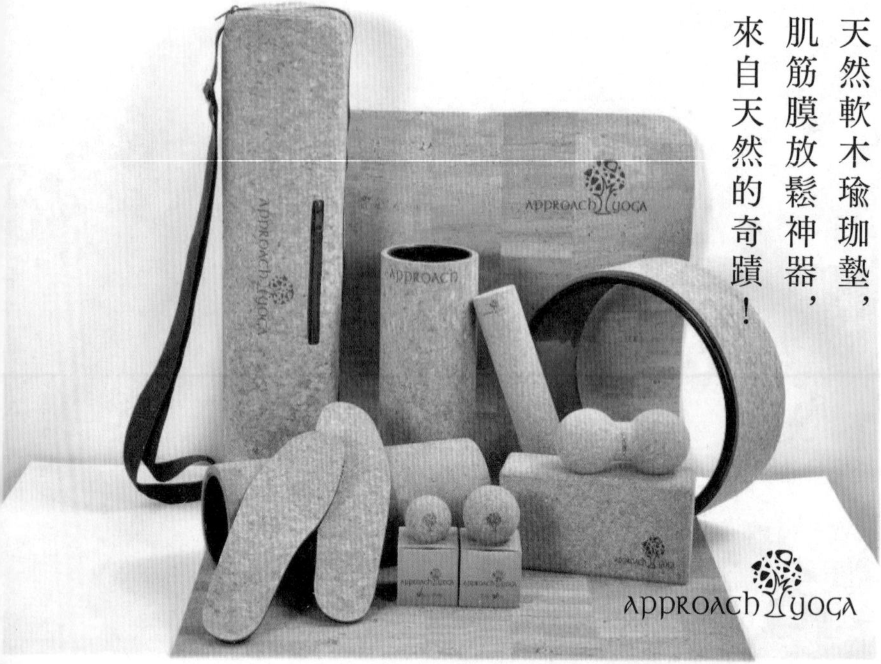

當您在歐美街上看見軟木材質的球鞋、提包，
請不要訝異——
真的，自然當道！
當您在歐美運動的場所，遇見在軟木瑜珈墊上
進行運動時——
真的，環保有理！

軟木來自栓皮櫟的樹皮，軟木是由人工在不損傷樹幹情況下採剝軟木皮，而且每年都有新的軟木皮增生使其為可再生能源和持續的資源。

葡萄牙的軟木材質，德國的設計，台灣的製造，造就了無比完美的瑜珈產品，利用特殊技術，打造出適合專業瑜珈運動家使用的產品。

栓皮櫟的樹皮具不導電、隔音、耐熱特點，質輕易揮發水分，遇水可提升摩擦力，彈性佳，肢體保護性強，是一款講求專業運動防護的好配件！

瑜珈老師要大夥兒到前面看老師體位怎麼做，大姐還坐在瑜珈墊上，兩個女孩從後面走過來，直接踩了她的瑜珈墊，然後瞬間往前走去……

大姐原本要起身的姿態又坐回瑜珈墊上，莫名火氣上來，她不懂旁邊有路可走，為什麼偏偏要踩踏別人的瑜珈墊過去，年輕人不懂禮貌嗎？

大姐火氣延燒至更衣室，坐在更衣櫃旁，跟朋友訴說剛剛的情形……

「『闖入民宅』、『侵門踏戶』……，根本路過不用繞道就把房子踩了，現在的小孩子都沒有人教嗎？腳有洗？課才上一半，等等趴地動作，我會吐出來……。」

大姐情緒高昂，像極了我正在使用的吹風機，噴發出來的熱風有點燙啊！

耳朵默默接收如連續劇般的對話，在腦海中如實播放，我還天真地想了個劇名。

劇名：《**非請莫入！瑜珈墊也有尊嚴**》

然後呢？繼續看……

瑜伽這檔事

看世界的方法165

作者	張以昕 Phoebe Chang
照片提供	張以昕 Phoebe Chang
封面設計	謝佳穎
內頁設計	吳佳璘
責任編輯	施彥如
董事長	林明燕
副董事長	林良珀
藝術總監	黃寶萍
執行顧問	謝恩仁
社長	許悔之
總編輯	林煜幃
副總經理	李曙辛
主編	施彥如
美術編輯	吳佳璘
企劃編輯	魏于婷
策略顧問	黃惠美．郭旭原．郭思敏．郭孟君
顧問	施昇輝．林子敬．謝恩仁．林志隆
法律顧問	國際通商法律事務所／邵瓊慧律師
製版印刷	鴻霖印刷傳媒股份有限公司
出版	有鹿文化事業有限公司
地址	台北市大安區濟南路三段28號7樓
電話	02-2772-7788
傳真	02-2711-2333
網址	www.uniqueroute.com
電子信箱	service@uniqueroute.com
總經銷	紅螞蟻圖書有限公司
地址	台北市內湖區舊宗路二段121巷19號
電話	02-2795-3656
傳真	02-2795-4100
網址	www.e-redant.com

ISBN：978-986-98188-7-2
初版：2020年2月

定價：330元

國家圖書館出版品預行編目(CIP)資料

瑜伽這檔事 / 張以昕 Phoebe Chang
一初版. 一 臺北市：有鹿文化, 2020.2
一(看世界的方法 ; 165)
ISBN 978-986-98188-7-2 (平裝)

863.55 108023019